职业教育"十三五"改革创新规划教材

诗画建筑
诗词里的建筑之美

主编 马瑞霞 孙玲

清华大学出版社
北京

内 容 简 介

本书精选百余首与古典建筑相关的经典诗词,按照建筑类型的不同,分为"园林""亭""台榭""楼阁""古桥""古刹""古塔""古城""宫阙"九个主题。40多幅惟妙惟肖的建筑手绘图,更为本书锦上添花。诗配画,画中有诗境;画配诗,诗中有画意。诗画融通,相映生辉。

领略古典诗词中的诗情画意,邂逅古典诗词中的经典建筑。愿本书架起一座文化传承的桥梁,引领读者穿越时代,寄情建筑名胜,体验诗情人生。本书可以作为青年学生和诗词、建筑爱好者的欣赏读本,也可以作为建筑、旅游专业学生的拓展选修教材。

本书封面贴有清华大学出版社防伪标签,无标签者不得销售。
版权所有,侵权必究。举报:010-62782989,beiqinquan@tup.tsinghua.edu.cn。

图书在版编目(CIP)数据

诗画建筑:诗词里的建筑之美/马瑞霞,孙玲主编.—北京:清华大学出版社,2019.10(2022.10重印)
(职业教育"十三五"改革创新规划教材)
ISBN 978-7-302-53897-4

Ⅰ.①诗… Ⅱ.①马… ②孙… Ⅲ.①古典诗歌-诗集-中国-职业教育-教材 Ⅳ.①I222

中国版本图书馆CIP数据核字(2019)第210810号

责任编辑:刘士平
封面设计:傅瑞学
责任校对:赵琳爽
责任印制:宋 林

出版发行:清华大学出版社
  网 址:http://www.tup.com.cn,http://www.wqbook.com
  地 址:北京清华大学学研大厦A座 邮 编:100084
  社 总 机:010-83470000 邮 购:010-62786544
  投稿与读者服务:010-62776969,c-service@tup.tsinghua.edu.cn
  质量反馈:010-62772015,zhiliang@tup.tsinghua.edu.cn
印 装 者:涿州汇美亿浓印刷有限公司
经 销:全国新华书店
开 本:170mm×230mm 印 张:17.75 字 数:306千字
版 次:2019年10月第1版 印 次:2022年10月第5次印刷
定 价:55.00元

产品编号:084311-01

编审委员会

主　审：贺海宏
主　编：马瑞霞　孙玲
副主编：王茜　张琰　陈益
参　编：刘思佳

序

　　中国古典建筑是建筑瑰宝中的一颗璀璨明珠,是无声的诗,是立体的画。曾几何时,锦绣园林古都宫阙,交响着盛世之音;舞榭歌台烟柳画桥,飘荡着丝竹之乐。一处古建,一道风景。文人雅士,登临歌咏,繁华古建,诗墨留香。曲曲叹为观止,首首妙不可言,吟之字字精粹,咏之声声婉转。

　　光阴流转,曾经的繁华古建也许会湮没在历史的长河中,而诗人之生花妙笔却将之化成清词丽句,定格在字里行间,凝固在历史画卷,古典诗篇与斑斓建筑遂相映生辉,经风雨而永恒,历岁月而弥新。

　　古人说:"不读诗词,不足以知春秋历史;不读诗词,不足以品文化精粹;不读诗词,不足以感天地草木之灵;不读诗词,不足以见流彩华章之美。"古典诗词是中国传统文化的精髓,古典建筑是中国建筑艺术宝库的奇葩。就让我们伴着《诗画建筑——诗词里的建筑之美》这本书,跨越千年,循着诗人的足迹,穿越文字的隧道,跟着古诗词去赴一场建筑和诗歌的美丽约会,去欣赏那盛开在最美古典诗词里的建筑之花,去聆听那谱写在唯美诗词乐章里的建筑妙音,去重温那融合在古典建筑里的诗情画意,去感受那隐藏在千年古建里的袅袅余韵。

  本书以唐、宋、元、明、清诗词辞典为本，审慎甄选百首诗文。编写团队同仁苦心孤诣，匠心编纂。本书诗文历经五次增删，十次校对。诗文翻译尽量做到信达雅；诗文赏析力求言简意赅；知识链接全面呈现古建精髓。

  诗中风景，词中古建；古建经典，诗词不朽。愿本书能架起建筑和文学的桥梁，引领读者走进独具特色的中华古建，聆听这一凝固的艺术所蕴含的灵魂物语，感受古代文人雅士的家国情怀和个人忧思，使博大精深的建筑文化伴随着传统诗词文化的吟咏而永远流传。

贺海宏
2019 年 6 月

前言

享诗词盛宴，品建筑之美

本书荟萃了百首和建筑艺术有关的诗词精华，选材经典、内容广博，从不同的角度诠释了中国的建筑文化和人文精神，是编写团队携手为读者献上的一场洋溢着建筑韵味的诗词文化盛宴。

本书融古典诗词和古建知识为一体，对提升读者的文化素养大有裨益，也是我们为诗词和建筑旅游爱好者精心打造的一场散发着诗词墨香的建筑文化盛宴。穿越历史烟云，徜徉诗文画卷，享诗词盛宴，品建筑之美。

本书特色有四：

1. 编选内容独树一帜

本书以诗文为载体，充分挖掘诗词中的建筑因子，从浩如烟海的历代诗词中精心遴选，细致分类，架构起传统文化和建筑文化对接的桥梁，系统梳理出"园林""亭""台榭""楼阁""古桥""古刹""古塔""古城""宫阙"九个主题。每个诗歌主题都写有精美导读，每首诗歌后均附有精练的注释、隽雅的译文、简约的赏析，读者徜徉在富有建筑情怀的诗词殿堂里轻松阅读便可领略诗之原义。

2. 编写团队阵容齐整

本书由河北职教专家贺海宏教授审定，由河北城建学校语文教研室主任马瑞霞主持编写，王茜、张琰、陈益三位优秀青年教师担任副主编，刘思佳参与编写校对。团队成员众志成城，匠心编著，以飨读者。

3. 诗画建筑相映生辉

毕业于清华大学美术学院的孙玲老师用她的锦心妙手，为本书手绘40余幅唯美古建插图，诗画相得益彰。读者跨越时空，品古诗，赏古建，一举两得。

4. 二维码设计别具匠心

由于篇幅所限，更多相同题材的精彩诗文以二维码的形式呈现，读者扫码阅读，方便快捷。

本书在编写过程中参考了诸多诗词文献，借鉴了一些专家学者的观点，同时也参阅了网上资料并将之融会贯通，在此对相关人员一并表示感谢！

由于编者才疏学浅，不妥疏漏之处在所难免，敬请专家同行与读者不吝赐教，真诚感谢您的阅读！

马瑞霞
2019 年 6 月

目 录

主题一　园林

烟波致爽 3
积雨辋川庄作 7
游太平公主山庄 11
乐游原 13
金谷园 16
贵侯园 19
司马君实独乐园 21
沈园二首（其一） 25
梁园 28
题大观园 30

静念园林好
人间良可辞

主题二　亭

劳劳亭 35
谢公亭 37
汴河亭 40
题乌江亭 43

登快哉亭 ………………………………… 46
初晴游沧浪亭 ……………………………… 48
永遇乐·京口北固亭怀古 …………………… 51
水龙吟·登建康赏心亭 ……………………… 54
兰亭集序 …………………………………… 57
题滁州醉翁亭 ……………………………… 63

主题三　台榭

咏铜雀台 …………………………………… 69
登幽州台歌 ………………………………… 71
登金陵凤凰台 ……………………………… 73
苏台览古 …………………………………… 76
秋日登吴公台上寺远眺 …………………… 79
琴台 ………………………………………… 81
黄金台 ……………………………………… 83
咏史诗·章华台 …………………………… 85
歌风台 ……………………………………… 87
望江南·超然台作 ………………………… 90

主题四　楼阁

滕王阁诗 …………………………………… 95
登鹳雀楼 …………………………………… 99
黄鹤楼 ……………………………………… 102
秋登宣城谢朓北楼 ………………………… 105

江山无限景
都取一亭中

台榭一方胜
江山千古同

登岳阳楼 107
聚远楼 110
登快阁 112
望海楼 116
登太白楼 119
烟雨楼用韩子祁诗韵 121

主题五　古桥

寄扬州韩绰判官 125
洛桥晚望 128
天津桥春望 130
枫桥夜泊 132
卢沟桥送别 134
五云桥 137
安济桥 139
红桥绝句 142
湘桥春涨 144
八月六日过灞桥口占 147

主题六　古刹

题破山寺后禅院 151
遗爱寺 154
过香积寺 156
武侯庙 159

欲穷千里目
更上一层楼

虹桥千步廊
半在水中央

苏武庙	161
游玄都观	163
灵隐寺	166
题木兰庙	169
三闾庙	171
蜀先主庙	173

曲径通幽处
禅房花木深

主题七　古塔

同诸公登慈恩寺塔	177
与高适薛据登慈恩寺浮图	181
秋日登扬州西灵塔	184
同乐天登栖灵寺塔	187
题华严寺木塔	188
登宝公塔	190
咏六和塔	192
游大理崇圣塔	195
题应县木塔	198
登金山寺塔	200

凌空古塔耸云霄
设计匠工何巧雕

主题八　古城

长安春望	205
登洛阳故城	208
石头城	212
桂枝香	215

题临安邸	218
成都府	220
望海潮	223
忆扬州	227
送人游吴	229
邯郸	232

试问繁华何处有
古城胜景醉春风

主题九　宫阙

和贾至舍人早朝大明宫之作	237
早朝大明宫	240
台城	242
行宫	244
连昌宫词	246
过华清宫绝句三首（其一）	253
阿房宫赋	256
咏史诗·阿房宫	263
隋宫	265
吴宫	268

九重宫阙参差见
百二山河表里观

参考文献

静念园林好,人间良可辞

主题一 园林

静念园林好，人间良可辞

　　中国古典园林移山水之胜于咫尺，融诗画之景为一体，是大自然山水形象的艺术再现。明末造园家计成在《园冶》中说："虽由人作，宛自天开。"园林中那疏斜的花树，曲折的游廊，玲珑的小桥，清浅的碧流，嶙峋的怪石，如画的黛瓦花檐，无不匠心独具。

　　中国园林历史悠久，是我国古代建筑艺术的珍宝。美学家叶朗先生曾言："中国古典园林是一门综合艺术。中国古代独特的审美观，在古典园林艺术中得到了充分的体现。""无处不是画，无景不入诗"，这是对园林意境最好的描摹。

　　静念园林好，人间良可辞。打开岁月之门，让我们走进古典园林文学景观，去品味这无声的诗，去欣赏这立体的画。

烟波致爽

清·康熙

山庄频避暑,静默少喧哗。

北控远烟息①,南临近壑嘉。

春归鱼出浪,秋敛雁横沙②。

触目皆仙草,迎窗遍药花。

炎风昼致爽③,绵雨夜方赊④。

土厚登双谷⑤,泉甘剖翠瓜。

古人戍武备⑥,今卒断鸣笳⑦。

生理农桑事⑧,聚民至万家。

注释

①北控:向北控驭,这里指向北守卫、控制疆土。②敛:收获。秋敛,秋收季节。③炎风:东北风。④赊:长、远。在这里形容雨下得久、下得紧。⑤登:成熟。双谷:宋王禹偁《拟封田千秋为富民侯制》:"虽有玄珠虹玉,勿谓之宝,朕之宝者,嘉穀也。"⑥武备:军备,武装力量。《史记·孔子世家》:"臣闻有文事者必有武备,有武事者必有文备。"⑦笳:汉代流行于塞北和西域的一种类似笛子的管乐器。李陵《答苏武书》:"胡笳互动,牧马悲鸣。"⑧理:从事。生理,从事某些职业以谋生。

诗画建筑
——诗词里的建筑之美

译文

朕屡次来山庄消夏避暑,颇爱这里的宁静祥和少有喧嚣的环境。山庄以北边疆巩固没有烽火硝烟,山庄以南紧邻秀美林壑。春有游鱼在碧涛中跳跃,秋见大雁越沙漠南迁。这里满目仙草遍地药花。白日里清风送爽,凉夜中绵雨渐沥。土地肥沃,五谷丰登;泉水甘冽,瓜果飘香。古人用武力守卫边疆,如今太平盛世,戍边士兵已听不到胡笳悲吟和牧马哀鸣之声。百姓务农,安居乐业,边疆地区人烟阜盛,已逾万家。

赏析

全诗共八联。前两联描写了避暑山庄凉爽幽静、依山傍水的秀丽风光。中间四联,形象地描绘了山庄生机盎然的景象:春季游鱼漂浮翻跃;深秋大雁横沙南飞。满目碧草,满院药花。白日清风送爽,夜晚细雨绵绵。五谷丰登,瓜果香甜。最后两联写边境祥和、国泰民安;人丁兴旺,社会安定。此诗表达了康熙皇帝对承德避暑山庄风土人情的赞美,勾勒了一幅百姓安居乐业、国家长治久安的美好愿景。

避暑山庄,又名"承德离宫"或"热河行宫",位于河北省承德市武烈河西岸一带狭长的谷地上,是清代皇帝夏天避暑和处理政务的场所。避暑山庄始建于1703年,历经清康熙、雍正、乾隆三朝,耗时89年建成。避暑山庄以朴素淡雅的山村野趣为格调,取自然山水之本色,吸收江南塞北之风光,成为中国现存占地面积最大的古代帝王宫苑。整个山庄东南多水,西北多山,是中国自然地貌的缩影，也是中国古典园林的最高范例。

康熙五十年（公元1711年），康熙皇帝以四字题名避暑山庄内的三十六处景点，并绘图赋诗，以记其事，统称为康熙三十六景。烟波致爽是康熙三十六景当中的第一景，位于避暑山庄的宫殿区，在今天的避暑山庄博物馆内，是清帝的寝宫。康熙皇帝谓此"四周秀丽，十里平湖，致有爽气"，殿因此得名。

避暑山庄记

积雨辋川庄作①

唐·王维

积雨空林烟火迟②,蒸藜炊黍饷东菑③。

漠漠水田飞白鹭④,阴阴夏木啭黄鹂⑤。

山中习静观朝槿⑥,松下清斋折露葵⑦。

野老与人争席罢⑧,海鸥何事更相疑⑨?

注释

①积雨:久雨。②空林:林间空旷寂静。烟火迟:因久雨林野润湿,故烟火缓升。③藜(lí):一种草本植物,嫩叶新苗皆可食。黍(shǔ):谷物名,古时为主食。饷东菑(zī):给在东边田里干活的人送饭。饷(xiǎng):送饭食到田头。菑(zī):已经开垦了一年的田地,此泛指农田。④漠漠:形容广阔无际。⑤阴阴:幽暗的样子。啭(zhuàn):小鸟婉转的鸣叫。黄鹂:黄莺。⑥习静:习养静寂的心性,亦指过幽静生活。朝槿(jǐn):木槿,落叶灌木,其花朝开夕谢,古人常以此物悟人生枯荣无常之理。⑦清斋:素食,长斋。露葵:绿葵,一种绿色蔬菜,可以煮来佐餐。⑧野老:村野老人,此指作者自己。"争席罢"指自己要隐退山林,与世无争。⑨"海鸥何事更相疑"一句典出《列子·黄帝篇》,海上有人与鸥鸟相亲近,互不猜疑。一天,父亲要他把海鸥捉回家来,他又到海滨时,海鸥便飞得远远的,心术不正破坏了他和海鸥的亲密关系。这里借海鸥喻人事。

诗画建筑
——诗词里的建筑之美

译文

山中阴雨连绵,林野空旷柴火难燃。山下农家炊烟四起,采藜蒸黍送饭到田间。水田空蒙,白鹭翩飞;密林幽深,黄鹂飞鸣。独处空山,静观木槿朝开暮落;幽栖密林,采摘露葵以供清斋。我已绝俗念,与世无争心境淡泊,还有谁会无端猜忌我呢?

赏析

王维(约701—761),字摩诘,原籍祁(今属山西),盛唐诗人。其诗与孟浩然齐名,世称"王孟"。其作品主要为山水诗,其诗通过对田园山水的描绘,宣扬隐士生活和佛教禅理;体物精细,状写传神,有"诗佛"之称。苏轼评价其诗:"味摩诘之诗,诗中有画;观摩诘之画,画中有诗。"

《积雨辋川庄作》是王维田园诗的代表作。首联写宁静怡然的田家生活,是诗人山上静观所见。寥寥十四个字,再现了农家生活,秩序井然而富有生活气息,使人想见农妇田夫那怡然自乐的心情。颔联写生机盎然的自然景色,同样是诗人静观所得。辋川之夏,密林深秀,白鹭翩飞,百鸟飞鸣,画意盎然,体现了王维"诗中有画"的特点。尾联抒写了诗人隐居山林的禅寂生活之乐。在这首七律中,诗人把自己优雅清淡的禅寂生活与辋川恬静优美的田园风光结合起来描写,创造了一个物我相惬、情景交融的意境。

辋川庄，又称辋川别墅，在今陕西蓝田终南山中，是王维晚年隐居的庄园。景色秀美，如诗如画，王维与好友裴迪经常诗酒邀游。其中《旧唐书·王维传》中有记载："辋水周于舍下，别涨竹洲花坞，与道友裴迪浮舟往来，弹琴赋诗，啸咏终日。尝聚其田园所为诗，号《辋川集》。"

竹里馆

游太平公主山庄

唐·韩愈

公主当年欲占春①，故将台榭压城闉②。

欲知前面花多少，直到南山不属人③。

注释

①占春：占尽人间春光山色。②台榭（xiè）：亭台楼阁。闉（yīn）：城门外层的曲城。③南山：指终南山。

译文

太平公主当年想独占山色春光，大兴土木建林苑山庄。亭台楼阁壮观巍峨，规模超过长安城墙。山庄广袤，遍植繁花芳树；林园花海，绵延至终南山旁。

赏析

韩愈（768—824），字退之，自谓"郡望昌黎"，世称"韩昌黎"，卒谥"文"，河南河阳（今河南省孟州市南）人。倡导古文运动，其被列为"唐宋八大家"之首，与柳宗元并称"韩柳"。其诗力求新奇，对宋词影响颇大。

《游太平公主山庄》是一首七言绝句。首句"当年"一词，表明诗人是在游山庄故地而追怀。接下来诗人描写太平公主山庄台榭巍峨、园苑宽广、花木繁盛，规模气势超过了帝都长安城，突出了园苑的宏伟壮观，显示了太平公主当年的奢华。表面上诗人是在描写太平公主的山庄，实际上是讽刺太平公主的贪婪骄奢和野心勃勃。全诗以虚写实，涵泳深厚，在写作上善用微词，似直而曲，耐人寻味。

太平公主山庄，武则天之女太平公主为自己修建的山庄别墅，山庄广袤，规模宏大，是权贵游乐之所。位于唐时京兆万年（今陕西省西安市）县南，当年曾修观池乐游原，以为盛集。先天二年（公元713年），她企图控制政权，谋杀李隆基，事败后逃入终南山，后被赐死。其"山庄"即由朝廷分赐予宁、申、岐、薛四王。作者所游的"太平公主山庄"，无疑已为故址。

乐游原

唐·李商隐

向晚意不适①,驱车登古原②。
夕阳无限好③,只是近黄昏④。

注释

①晚:傍晚。不适:不舒畅。②驱车:赶着马车。古原:乐游原。③无限:非常、极其。④近:接近。

译文

傍晚时分,心情郁闷;驾车登古原,登高揽胜景。夕阳斜照,晚霞辉煌,只可惜黄昏已近,美景易逝。

赏析

李商隐(约813—约858),字义山,号玉溪生,晚唐著名诗人。诗歌成就很高,所作咏史诗多托古以讽,无题诗很有名。擅长律绝,世称"七律圣手"。其诗晚唐成就很高,和杜牧合称"小李杜",与温庭筠合称"温李",有《李义山诗集》。

这首五言绝句反映了作者伤感的情绪,当时唐王朝国运衰微,诗人自己也仕途失意。诗人为排遣"意不适"的情怀而登上乐游原,看到了一轮

诗画建筑
——诗词里的建筑之美

蒹葭

《诗经》

辉煌灿烂的黄昏斜阳,于是发乎感慨,本诗表现了时光消逝,美景难觅,人生无常的悲凉心境。此诗明白如话,毫无雕饰,感喟深沉,富有哲思,是一首久负盛名的佳作。

乐游原,在长安(今西安)城南,是唐代长安城内地势最高地,是登高揽胜的最佳景地。乐游原在秦代属宜春苑的一部分,得名于西汉初年。汉宣帝立乐游庙,又名乐游苑,登上它可望长安城。《汉书·宣帝纪》载:"神爵三年,起乐游苑。"汉宣帝第一个皇后许氏产后死去即葬于此,因"苑"与"原"谐音,乐游苑即被传为"乐游原"。

金谷园

唐·杜牧

繁华事散逐香尘①,流水无情草自春②。

日暮东风怨啼鸟,落花犹似坠楼人③。

注释

①香尘:沉香之末。石崇为教家中舞伎步法,以沉香屑铺于象牙床上,让舞伎在其上练习,无迹者赐予珍珠。②流水无情:流水一去不回,毫无情意。多用以比喻事物的发展不以人的意志为转移。③坠楼人:谓石崇的爱妾绿珠,貌美而善舞,宦官孙秀想霸占绿珠,石崇不答应被下狱,绿珠坠楼而死。

译文

昔日繁华的金谷园盛景不在,往事随着香尘飘散化为过眼云烟,任世道沧桑巨变,芳草依然凝绿,流水依旧潺潺。夕阳残照,暮风凄凄,飞鸟悲鸣。落花片片飘满地,想起当年坠楼人。

杜牧(803—853),字牧之,号樊川居士,京兆万年(今陕西省西安市)人,唐代杰出的诗人、散文家。因晚年居长安南樊川别墅,故后世称"杜樊川"。杜牧的诗歌以七言绝句著称,内容以咏史抒怀为主,在晚唐成

主题一 园林

17

就颇高,与李商隐并称"小李杜",著有《樊川文集》。

《金谷园》是杜牧经过西晋富豪石崇的金谷园遗址时触景生情而创作的一首七言绝句。首句写金谷园昔日的繁华,今已不见;第二句写人事虽非,但风景不殊,景中蕴含着凄凉之意;三、四两句触景生情,听到啼鸟声声似在哀怨;看到落花满地,想起当年坠楼自尽的石崇爱妾绿珠。本诗句句写景,层层深入,景中有人,景中寓情。写景意味隽永,抒情凄切哀婉。后人评价此诗:"落笔妙而精彩,悠然不尽。"

金谷园,故址在今河南洛阳西北,是西晋富豪石崇的私家园林。石崇承祖先余荫,曾任荆州刺史,在洛阳城郊金谷涧中,耗费巨资构筑亭台楼阁,栽种奇花异草,养鱼植荷,蓄猿饲马,命名为"金谷园",繁奢华丽,盛极一时。唐时园已荒废,成为供人凭吊的古迹。

贵侯园

宋·穆修

名园虽自属侯家①,任客闲游到日斜②。

富贵位高无暇出,主人空看折来花③。

注释

①名园:著名的园囿。②客:此处作者自指。③折来花:指采下的花枝。

译文

达官贵人们坐拥名园却无空闲到园中赏花。游人却可以尽兴游赏直到夕阳西下。名园的主人虽然出身富贵、位高权重,也只能看看采摘下来的残花。

赏析

穆修(979—1032),字伯长,郓州汶阳(今山东汶上)人,后居蔡州(治今河南汝南),有《穆参军集》。

《贵侯园》是穆修创作的一首七言绝句。全诗以议论为主,写达官贵人机关算尽,忙于人事纷争,忙于邀名夺利。虽拥有美丽的花园,却没有闲暇去游赏,只能看看失去生命力的折来花。这首诗质朴无华,含意深刻,对于贪婪地占有园林之胜的贵侯们,予以辛辣的讽刺。

贵侯园，达官贵人的园林，在汴京（今河南开封）城南。北宋的都城汴京人文荟萃，富庶繁华，不仅有喧闹的街市，高耸的楼榭，还有数以百计的名园佳圃。据《东京梦华录》记载："大抵都城左近，皆是园圃，百里之内，并无闲地。"又载当时的京城市民有探春的风俗，每年正月十五以后"都人争先出城探春"，达官贵人们的私家花园也一齐"放人春赏"。

司马君实独乐园①

宋·苏轼

青山在屋上,流水在屋下。

中有五亩园②,花竹秀而野。

花香袭杖履③,竹色侵杯斝④。

樽酒乐余春,棋局消长夏。

洛阳古多士,风俗犹尔雅⑤。

先生卧不出⑥,冠盖倾洛社⑦。

虽云与众乐,中有独乐者。

才全德不形⑧,所贵知我寡。

先生独何事,四海望陶冶。

儿童诵君实,走卒知司马。

持此欲安归?造物不我舍⑨。

名声逐吾辈,此病天所赭⑩。

抚掌笑先生,年来效喑哑⑪。

注释

①司马君实:司马光字君实。独乐:语出《孟子·梁惠王下》:"独乐乐,

与人乐乐，孰乐？"②五亩园：泛指园林，五亩非实指。③杖履：手杖与鞋子。④杯斝（jiǎ）：指酒杯。斝：古代铜制酒器，似爵而较大。⑤尔雅：谓近于雅正。⑥不出：谓不出仕朝廷。熙宁三年（公元1070年），宋神宗任司马光为枢密副使，光上疏力辞，请求外任。⑦冠盖：本指官员，此指名流。洛社：白居易晚年退居洛阳，爱香山之胜，与僧满如等结社于此，号称"洛社"，此借指司马光与富弼等人。⑧才全：才智完备。德不形：有最高的道德修养而不外露。⑨不我舍："不舍我"的倒文。⑩赭（zhě）：指赤褐色衣，古代囚徒穿红衣，因亦称罪人为赭衣。此处谓加罪于身。⑪喑哑（yīn yǎ）：喻沉默不言。

译文

青山环绕在你的屋舍，潺潺溪流绕屋而过。五亩园林花竹竞秀野趣盎然。拄杖漫步花园中，花香袭人；举杯痛饮竹林里，竹色醉人。畅饮美酒度余春，悠然下棋过炎夏。洛阳自古多名士，风俗至今还尔雅。先生闲卧不出门，名流却云集你的家。古人说和众人同乐更快乐，先生却标榜独乐。德才兼备不外露，虽然说少有人知会更好，但为何海内的人都盼望你来陶冶天下？小孩子都知道君实的大名，贩夫走卒也懂得崇敬司马。背负着这样的盛誉，先生能逃往何处？造物者最终不会把我们丢下。近些年声名追逐着我们，这罪过是上天所加。我倒真要拍手笑先生，连年来沉默不言装聋作哑。

赏析

苏轼（1037—1101），字子瞻，号东坡居士，眉州眉山（今属四川）人。嘉祐年间进士，与父苏洵、弟苏辙合称"三苏"。其文纵横恣肆，为"唐宋八大家"之一。其诗与黄庭坚并称"苏黄"。词开豪放一派，与辛弃疾并称"苏辛"。

《司马君实独乐园》是一首五言古诗。全诗分四段：

"青山在屋上"八句为第一段，正面描写独乐园。前四句写园的自然环境、园中景物；后四句以花、竹、棋、酒概括园中乐事。诗人以自然洒脱的笔调极写园的朴野之趣。

"洛阳古多士"六句为第二段，是由"独乐"二字生发出来的文字，苏轼从"与众乐"中来突出"独乐"，委婉有致。洛阳自古以来就是名流荟萃的地方，风俗淳美，即使高卧不出，周围的朋友也会云集在周围，那是不可能不"与众乐"的；所以用"独乐"来命名，并非真有遁世绝俗之意，只不过是"有心人别有怀抱"罢了。

"才全德不形"八句为第三段，是全诗的主旨所在。这一段先引老子、庄子之语作一顿挫，随即点明全诗的主旨。《老子》曾言："知我者希，则我贵矣。"人是越不出名越好的。就算无求于世，把毁誉得失看得很淡，但如果才德俱全，众望所归，想逃脱名声也是不可能的。诗中"儿童诵君实，走卒知司马"，赞扬司马光才高德全，深孚众望，希望司马光重新得到起用。

"名声逐吾辈"四句为第四段，诗人意思是说，我们都背上了名气太大这个包袱，用道家的话说，真所谓"天之谬民"，是无法推卸自己的责任的。奇怪的是你近年却装聋作哑，不肯发表意见了。司马光自己也曾在宋神宗面前公开承认说自己"敢言不如苏轼"。

此诗借"题独乐园"的题目，对司马光的德业、抱负、威望、处境以及他内心深处的矛盾进行了深微的描写和刻画，全诗于洒脱自然中别有一种精悍之气。

独乐园，北宋著名的政治家司马光在洛阳的私家园林。北宋熙宁六年（公元1073年），司马光因和推行变法的王安石政见不同，便辞去朝廷职务，在洛阳尊贤坊北、国子监侧故营地买田二十亩，修建了著名的"独乐园"。时至宋代，士人园林发展得比较成熟完备，洛阳荟萃了当时士人园林的精华。在众多的私家园林中，"独乐园"虽小，却因司马光的人品涵养而别具一格，司马光给其园取名"独乐"是另有深意的。他写的《独乐园记》短小精悍，情景交融，是古典园林小品文的经典之作。文中他首先说明自己既不同于王公大人之乐，也不同于圣贤之乐，而是像鹪鹩巢林、鼹鼠饮河一样"各尽其分而安之"。他又说自己不敢比君子"所乐必与人共之"，所以叫"独乐"，并作独乐园七题，以命名园中轩景，表达其志趣怀抱。

沈园二首（其一）

宋·陆游

城上斜阳画角哀①，沈园非复旧池台。

伤心桥下春波绿，曾是惊鸿照影来②。

注释

①斜阳：偏西的太阳。画角：涂有色彩的军乐器，发声凄厉哀怨。②惊鸿：语出三国魏曹植《洛神赋》句"翩若惊鸿"，喻美人体态之轻盈。这里指唐琬。

译文

城上夕阳斜照，画角声声哀鸣，沈园虽今犹在，不再是旧日池台。小桥流水如前，绿波荡漾依旧，经行此地伤心处，曾见丽人蹁跹来。

赏析

陆游（1125—1210），字务观，号放翁，越州山阴（今浙江绍兴）人，南宋诗人、词人。有《剑南诗稿》《渭南文集》《南唐书》《老学庵笔记》等。

《沈园二首》乃陆游触景生情之作，是他75岁时重游沈园写下的两首七言绝句，这里选其中一首。陆游在31岁时曾在沈园与被专制家长拆散

的前妻唐琬偶然相遇，曾作《钗头凤》题壁以记苦思深恨，岂料这一面竟成永诀，晚年陆游多次到沈园悼之。此时距沈园邂逅唐氏已四十余年，但缱绻之情丝毫未减，反而随岁月之增而加深。这首诗回忆沈园相逢之事，悲伤之情跃然纸上。首句写斜阳黯淡，画鸟哀鸣，渲染了悲凉气氛，后三句写物是人非之悲，运用反衬手法，借景烘托伤情。

　　沈园，又名沈氏园，是绍兴古城内著名的古园林，故址在今浙江省绍兴市禹迹寺南。是南宋时一位沈姓富商的私家花园，始建于宋代，初成时规模很大，占地七十亩之多。园内亭台楼阁、小桥流水、绿树成荫，一派江南景象，是绍兴历代众多古典园林中唯一保存至今的宋式园林。

梁 园

金·完颜璹

一十八里汴堤柳,三十六桥梁园花①。

纵使风光都似旧,北人见了也思家②。

注释

①"一十八里"二句:汴堤是隋炀帝下扬州开挖运河时所筑,又称"隋堤",在商丘这一段,一十八里堤上植柳。梁园规模宏大,亭桥众多,奇花异石,为接待名士和宴宾之所。②"纵使"二句:纵使汴堤和梁园风光如从前一样秀丽辉煌,远离故土的人仍然想念北方的家乡。

译文

一十八里汴河堤岸遍植杨柳,三十六桥梁园桥边奇花繁茂。即使梁园风光依旧奇秀,远离故土的人仍然思乡。

赏析

完颜璹(1173—1232),字子瑜,一字仲实,女真贵族诗人,金世宗之孙,封密国公。倾心濡染于汉文化,诗词为一时之冠,元好问编《中州集》,称誉他是"百年以来,宗室中第一流人"。

本诗先写中原景物风光,后两句转归思乡,欲扬先抑,曲折有致,抒发了羁役之人的思乡之情。

梁园，又称梁苑，是西汉梁孝王所建园林，在今河南商丘。西起睢阳城东北（今河南商丘古城东南），东至今商丘古城东北 7.5 千米的平台集（今河南商丘经济开发区平台街道）。《史记》记载："筑东苑，方三百里，广睢阳城七十里，大治宫室，为复道，自宫连属平台三十里。"梁园集离宫、亭台、山水、奇花异草、珍禽异兽、陵园于一体，是供帝王游猎、出猎、娱乐的苑囿。

题梁王旧园

题大观园

清·曹雪芹

衔山抱水建来精①,

多少工夫筑始成。

天上人间诸景备,

芳园应赐大观名。

注释

①精：精巧。

译文

大观园依山傍水，建筑精巧，不知耗费了多少人力、物力才建成。园林巧夺天工，天上人间的各种美景都聚集于此，这座精美的园林应该赐名为"大观园"。

赏析

曹雪芹（？—1763，一作1764），名霑，字梦阮，号雪芹、芹圃、芹溪。清代小说家、诗人，中国古典名著《红楼梦》的作者。

曹雪芹在《红楼梦》一书中，为我们描绘了一座极为优美动人的园林——大观园。曹雪芹借元妃之口,《题大观园》绝句云:"衔山抱水建来精,多少工夫筑始成。天上人间诸景备,芳园应赐大观名。"这首诗既说明了这座园林名称的由来,又高度概括了它的精美。这座文学中的园林,无论是在布局、造景、建筑风格、意境创造,还是在以景达情、情景交融以深化主题诸方面,都堪称我国古典园林中一颗夺目的明珠。

大观园,曹雪芹在《红楼梦》一书中描绘的文学园林。中国古典园林一般可分为三种类型,即皇家园林、私家园林、寺庙园林。私家园林的主人大多为皇亲国戚、达官显贵、豪门富贾。"大观园"是钦封一等荣国公府第的后花园,元春又被选为贵妃,大观园因此属于私家园林。

江山无限景，都取一亭中

主题二 亭

江山无限景,都取一亭中

亭,行人休憩或饯别之所,是一种极具民族特色的开敞的小型建筑物。《园冶》一书记载:"亭者,停也,所以停憩游行也。"旧时城外大道旁,五里设短亭,十里设长亭。北周庾信《哀江南赋》中写道:"十里五里,长亭短亭。"唐李白《劳劳亭》中有名句:"天下伤心处,劳劳送客亭。"王实甫《西厢记》里有诗句:"遥望见十里长亭,减了玉肌,此恨谁知。"可见,文学作品中出现的亭,往往和离别有关。

亭不仅是供人憩息的场所,也是园林中重要的点景和观景建筑。宋朝尤袤《题云海亭》有诗曰:"亭前山色绕危栏,亭下波涛直浸山。波上渔舟亭上客,相看浑在画图间。"临水筑亭,相映成趣;林间建亭,别具神韵;山脊筑亭,则可统览全景……

江山无限景,都取一亭中。中国传统建筑中的亭,如同建筑瑰宝中的一颗颗璀璨明珠,游人见之心旷神怡,流连忘返;文人见之心游万仞,浮想联翩。文缘亭而作,亭因文而显。一座亭就是一道独特的风景,而充满文学内涵的诗词又为这道风景增添了色彩。

劳劳亭

唐·李白

天下伤心处,劳劳送客亭。

春风知别苦①,不遣柳条青②。

注释

①知:理解。②遣:使,让。

译文

天下最伤心的地方,就是这饯别之所——劳劳亭。春风也知离别苦,即便苏醒了万物,也不想让柳条发青。

赏析

李白(701—762),字太白,号青莲居士,唐代伟大的浪漫主义诗人,被后人誉为"诗仙"。他的诗歌豪迈奔放,清新飘逸,构思巧妙,想象丰富。他诗歌创作的成就很高,对后世产生了极为深远的影响。

这是一首五言绝句,诗的前两句"天下伤心处,劳劳送客亭",以极其洗练的笔墨,直点题旨,极言离别之苦。诗歌后两句"春风知别苦,不遣柳条青",则别出心裁,另番新意,提振全篇,赋无情春风和惜别之人同样的情感,更显离别之伤感。古人有折柳送别的习俗,"柳"与"留"

谐音，表挽留之意。这首《劳劳亭》借题咏送客亭表达离别主题，巧用杨柳的象征意义把亘古不变的情思写得缠绵悱恻。

　　劳劳亭，又名劳楼、劳劳楼、望远楼、望远亭、远望楼、临沧观，坐落于今江苏省南京市西南，邻近南京市著名建筑新亭，是一座始建于三国东吴时期的著名历史古迹，自古以来即是送别的场所。在古汉语中，"劳劳"形容忧伤的样子，送别的亭子以"劳劳"为名，更见别离之伤感。劳劳亭的由来，是借用乐府民歌《孔雀东南飞》中"举手长劳劳，二情同依依"诗句之意。历代文人骚客多以之为题写词赋诗，尤以李白所作《劳劳亭》一诗最为著名。

谢公亭

唐·李白

谢亭离别处,风景每生愁。

客散青天月,山空碧水流。

池花春映日,窗竹夜鸣秋。

今古一相接,长歌怀旧游。

译文

谢亭曾是谢朓与范云离别之处,每当我看到这里的风景就不禁生愁。主客分别之际,孤月高悬空山寂静,唯有碧水长流。池塘的春花,在朝阳下开得芬芳;窗外的竹林,在静夜里发出清响。我与古人心意相通,高歌一曲纪念谢公与范云的此地旧游。

《谢公亭》是唐代诗人李白创作的一首五言律诗,此诗作于天宝十二年(公元753年)李白游宣城时。这是一首缅怀谢朓的诗,表现了李白美好的精神追求和高超的志趣情怀。

"谢公离别处,风景每生愁",首联写谢朓与范云当年离别的地方仿佛还在,诗人目睹这里的景物不免生愁。"客散青天月,山空碧水流"两句,紧承上联"离别""生愁",写谢公亭的风景。客散山空,谢公亭上唯见一

诗 画 建筑
—— 诗词里的建筑之美

38

轮孤月,碧水长流。李白把他那种怀古人而不见的怅惘情绪涂抹在景物上,引发人们对当年客散之前情况的遐想。"池花春映日,窗竹夜鸣秋",承上写景,由远及近,描绘了谢公亭春秋两季佳节良宵的景物。两句诗运用了反衬的手法,池花映着春日自开自落,窗外修竹在静谧的秋夜中窣窣地发出清响,景物虽美,却没有知己为伴欣赏,越见寂寞孤独。"今古一相接,长歌怀旧游",诗人在缅怀遐想中,似乎依稀看到了古人的风貌,甚至在精神上产生了共鸣。在古今相接的时间体验中发思古之幽情,神超气远,此诗非凡品所及,真大家之笔。

谢公亭,又称谢亭,为纪念曾任宣城太守的谢朓而建,故址在今安徽省宣城市城北敬亭山。谢朓任宣城太守时,曾在这里送别诗人范云。此诗为唐玄宗天宝十二年(公元753年)李白在宣城(今属安徽)时所作。

汴河亭

唐·许浑

广陵花盛帝东游①，先劈昆仑一派流②。

百二禁兵辞象阙③，三千宫女下龙舟④。

凝云鼓震星辰动⑤，拂浪旗开日月浮。

四海义师归有道⑥，迷楼还似景阳楼⑦。

注释

①广陵：今江苏省扬州市。帝：隋炀帝杨广。②劈：开凿河堤。昆仑一派流：指黄河，旧说黄河发源于昆仑山，"先劈"即谓将黄河凿渠分引，使能航行龙舟。③百二：隋炀帝的卫兵。象阙：亦称象魏，代指皇宫。古时宫廷门外有二台，上作楼观，两观对峙，中间阙然为道，乃悬挂法令之处。④龙舟：皇帝乘的大船。⑤凝云：浓云；密云。鼓震：谓鼓声高鸣。⑥四海义师：天下反隋的义军。归：归附。有道：本义指"仁义"为本的治国之道，这里指唐朝。⑦迷楼：隋炀帝所建供其游乐的楼台，遗址在江苏省扬州市。景阳楼：景阳殿，南朝陈后主所建的奢华楼台，在今南京市玄武区湖畔。殿下有井，名胭脂井。隋兵攻破金陵，陈后主与宠妃张丽华投此井，未死，为隋兵所执，后世称为辱井。

译文

扬州百花盛开,隋炀帝御舟东游;先将发源昆仑的黄河凿渠分流。骁勇的御林军随皇帝辞别京城,三千美丽的宫女登上了龙舟。鼓声喧闹响过行云,星辰在闪耀;拂浪旌旗水中招展,日月影漂浮。天下反隋,起义军归附有道的大唐;迷楼倾覆,王朝末日恰似景阳楼。

赏析

许浑,生卒年不详,字用晦,一作仲晦,润州丹阳(今属江苏)人。其诗长于律体,多登高怀古之作,有《丁卯集》。

这是唐代诗人许浑的一首七言律诗,描绘了隋炀帝御舟东游广陵的盛况。首联写隋炀帝东游前的准备。隋炀帝为了去广陵看花,竟凿渠引流、大兴水土,为满足一己游乐而劳民伤财。颔联写杨广离宫时的景象。诗人运用铺陈的赋笔写皇帝壮观的出行场面:禁兵二百,前呼后拥,宫女三千,尾随其后。颈联写沿途的煊赫声势:鼓声震天,凝固流云,旌旗招展,波浪起伏。这场面把先前的奢靡景象又推进一层。前三联极言隋朝昏君的豪奢无度。尾联卒章显志,讥讽隋炀帝耗费财力人力的豪华之游,点明多行不义必自毙的道理。陈后主骄奢荒淫而筑景阳城,终为隋朝所灭;隋君沉醉酒色而建迷楼,终为李唐所代。诗人以隋比陈,言唐军为有道之军。可当初隋灭陈之际,隋军也是有道之军,这种借古讽劝晚唐之意寓于不言之中。

汴河亭,在今河南省开封市汴河(汴河又名汴渠,即通济渠,流经今河南、安徽境内,在泗县入淮河,是隋炀帝时开通的运河。西通河洛,南达江淮)之旁,当年隋炀帝经运河东下,从这里登舟,传为隋炀帝行宫故址。

题乌江亭

唐·杜牧

胜败兵家事不期①,包羞忍耻是男儿②。

江东子弟多才俊③,卷土重来未可知④。

①不期:难以预料。②包羞忍耻:忍受屈耻,忍辱负重。③江东:长江下游南岸地区。才俊:才能出众的人。④卷土重来:指失败以后,整顿以求再起。

胜败乃是兵家难以预料之事,能屈能伸,忍辱负重,才是真正的大丈夫。江东子弟藏龙卧虎、才华出众,西楚霸王若能重整旗鼓,楚汉相争,谁输谁赢还很难确定。

《题乌江亭》是唐代诗人杜牧创作的一首七言绝句。这首咏史诗以劝慰的口吻为项羽作时势的分析,对项羽自刎乌江深表惋惜和同情,同时作者也讽刺和批判了这一做法。首句言胜败乃兵家常事。次句批评项羽缺乏"包羞忍耻"的勇气和毅力,缺乏大将气度。三、四句设想项羽假如回江东重整旗鼓,说不定就可以卷土重来。这首诗表达了对项羽负气自刎的惋

诗画建筑
——诗词里的建筑之美

44

惜，批评他不善于把握机遇，刚愎自用，不善于听取别人的建议，暗喻讽刺之意。

　　乌江亭，在今安徽省和县东北的乌江浦，自古为一渡口，秦汉之时即设有亭长，是我国最早的驿站之一。楚汉相争时，西楚霸王项羽在此兵败自尽，乌江亭由此闻名古今。

登快哉亭

宋·陈师道

城与清江曲①，泉流乱石间。

夕阳初隐地，暮霭已依山②。

度鸟欲何向③？奔云亦自闲④。

登临兴不尽，稚子故须还⑤。

注释

①与：相依。②暮霭：傍晚时候山林间升起的雾气。③度鸟：飞鸟。④奔云：流云。⑤稚子：小孩，儿童，也是对自家孩子的爱称或谦称。

译文

江水清流，绕城缓缓流淌；泉水穿石，溅起朵朵水花。夕阳西下，隐入地平线；暮霭层层，遮掩了层峦叠嶂。见飞鸟急驰，不知何往；看云卷云舒，自在徜徉。登亭赏景，我游兴盎然；稚子家中等候只得回返。

赏析

陈师道（1053—1102），字履常，一字无己，号后山居士，彭城（今江苏徐州）人，北宋诗人，为江西诗派代表作家。常与苏轼、黄庭坚等人唱和，为"苏门四学士"之一。

  《登快哉亭》是北宋诗人陈师道的一首五言律诗。这首诗写作者登临快哉亭之所见，从清江流泉、夕阳暮霭到飞鸟奔云，逐层勾画出一幅景色明丽的山野夕照图。文末宕开一笔，以游兴未尽而"须还"，反衬景物的美丽迷人。诗中"度鸟欲何向？奔云亦自闲"两句，带着浓厚的感情色彩，隐隐透出诗人安闲自若的心情和向往自由的意愿。全诗简洁精练、苍劲有力，外表浑朴而意味深长。

  快哉亭，位于江苏省徐州市城南快哉亭公园内。原是唐朝诗人薛能阳春亭故址，北宋熙宁十年（公元1077年）任京东提刑使持节徐州的李邦直重在此地建亭。苏轼调任徐州知州后，常约宾朋来此亭避暑赋诗。有人请他给亭命名，苏轼挥毫作赋"贤者之乐，快哉此风……"，因此这座阳春亭便易名为快哉亭。站在快哉亭上举目眺望，古城内外景色尽收眼底，为古今登临观赏之胜地。

病后登快哉亭

初晴游沧浪亭

宋·苏舜钦

夜雨连明春水生①，娇云浓暖弄阴晴②。

帘虚日薄花竹静③，时有乳鸠相对鸣④。

 注释

①连明：直至天明。春水：春天的河水。②娇云：彩云。弄：吴越方言，作的意思。阴晴：时阴时晴。③帘虚：室内无人。日薄：日色柔和。④乳鸠：出壳不久的小斑鸠。

 译文

夜间春雨连绵不绝，天明时分池水陡涨。彩云舒卷，似有暖意；太阳隐现，阴晴变幻。室内竹帘虚掩，日影斑斓；庭院里花竹竞秀，斑鸠细语。

 赏析

苏舜钦（1008—1049），字子美，绵州盐泉（今四川省绵阳市东南）人，后迁居开封。苏舜钦在政治上支持范仲淹的革新朝政，又以言论触怒权贵，受诬遭贬离京寓居沧浪亭多年。

这是一首七言绝句，此诗写春日雨霁，诗人在沧浪亭畔所见的自然景象，表现隐居的闲情逸致。首句"夜雨连明春水生"，写诗人目睹池内陡

主题二 亭

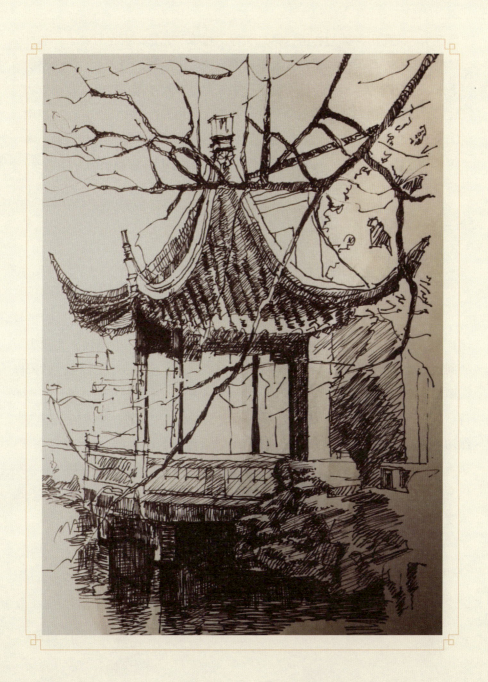

添春水，流露出喜雨的心情。第二句写"初晴"之景，重在写春云，取材典型。虽然今日天已放晴，天上浓密的云块尚未消散，阳光从云缝里斜射下来，连轻柔的春云也带上了暖意。第三句"帘虚日薄花竹静"写花竹和庭院的寂静。阳光透过稀疏的帘孔，并不怎么强烈；山上花竹，经过夜雨洗涤，枝叶上雨珠犹在，静静地伫立在那里。如果说这句是直接写静，末句"时有乳鸠相对鸣"则是以有声衬无声，营造出春意盎然的静谧境界，凸显出诗人内心的安适恬静。

沧浪亭，苏州名园之一，苏州市区内的一个游览景点。原为五代时吴越国广陵王钱镠的花园，五代末，此处为吴军节度使孙承祐的池馆，北宋庆历年间被诗人苏舜钦以四万贯钱购得，在园内傍水造亭，建造了沧浪亭。欧阳修应邀作《沧浪亭》长诗，诗中以"清风明月本无价，可惜只卖四万钱"题咏此诗。自此"沧浪亭"名声大振。苏氏之后，沧浪亭几度荒废，南宋初年（12世纪初），一度成为抗金名将韩世忠的宅第。清康熙三十五年（公元1696年），巡抚宋荦重建此园，把傍水亭子移建于山之巅，形成今天沧浪亭的布局基础，并以文徵明隶书"沧浪亭"为匾额。清同治十二年（公元1873年）再次重建，遂成今天之貌。

永遇乐·京口北固亭怀古

宋·辛弃疾

千古江山,英雄无觅孙仲谋①处。舞榭歌台,风流总被雨打风吹去。斜阳草树,寻常巷陌,人道寄奴②曾住。想当年,金戈铁马,气吞万里如虎。

元嘉③草草,封狼居胥④,赢得仓皇北顾。四十三年,望中犹记,烽火扬州路⑤。可堪回首,佛狸祠⑥下,一片神鸦社鼓⑦。凭谁问:廉颇⑧老矣,尚能饭否?

注释

①孙仲谋:三国时的吴王孙权,字仲谋,曾建都京口,三国时期吴国的开国皇帝。②寄奴:南朝宋武帝刘裕小名。③元嘉:刘裕之子刘义隆年号。④封狼居胥:公元前119年(汉武帝元狩四年),霍去病远征匈奴,歼敌七万余,封狼居胥山而还。狼居胥山,在今蒙古境内。词中用"元嘉北伐"失利事,以影射南宋"隆兴北伐"。⑤烽火扬州路:指当年扬州路上,到处是金兵南侵的战火烽烟。⑥佛(bì)狸祠:北魏太武帝拓跋焘小名佛狸,即后来的佛狸祠。⑦神鸦:指在庙里吃祭品的乌鸦。社鼓:祭祀时的鼓声。整句话的意思是,到了南宋时期,当地老百姓只把佛狸祠当作一位神祇来奉祀供奉,而不知道它过去曾是一个皇帝的行宫。⑧廉颇:战国时赵国名将。

译文

历经千古的江山,再也难找到像孙权那样的英雄。当年的舞榭歌台还在,英雄人物却随着岁月的流逝而消失。斜阳照着长满草树的巷陌，人们说那是当年刘裕曾经住过的地方。回想当年，他挥师北伐收复失地的气势是何等威猛！

然而，刘裕的儿子刘义隆好大喜功，仓促北伐，让北魏太武帝拓跋焘乘机南侵，国势因此衰颓。我回到南方已经有四十三年了，仍然记得扬州一带烽火连天的战乱场景。不堪回首啊，当年拓跋焘的行宫外竟有百姓祭祀，祭鼓频敲，乌鸦争食，人们竟不知道这里曾是皇帝的行宫。还有谁会问，廉颇老了，饭量还好吗？

辛弃疾（1140—1207），字幼安，号稼轩，历城（今山东济南）人。南宋豪放派词人，有"词中之龙"之称。

这首词是《稼轩词》中最优秀的爱国篇章之一，全篇苍劲沉郁，豪壮中有悲凉。上阕词人由京口北固亭远眺引出对两位历史人物孙权、刘裕的怀念。孙权割据东南，击退曹军，雄踞江东；刘裕金戈铁马，战功赫赫，北定中原。作者缅怀他们的英雄业绩，也表达了对主战派的期望和对南宋朝廷苟安求和者的讽刺和谴责。下阕引用南朝刘义隆草率北伐，招致大败的历史事实，忠告韩侂胄要吸取历史教训，不要鲁莽从事，接着用四十三年来抗金形势的变化，表示词人收复中原的决心不变。结尾三句，借廉颇自比，表达了词人"烈士暮年，壮心不已"的报国情怀和对宋室不能尽用人才的愤慨。全词豪壮悲凉，把咏史、言志、抒情融合在一起。明代杨慎在《词品》中说："辛词当以京口北固亭怀古《永遇乐》为第一。"

本词用典较多，但多而不滥，增加了作品的感染力，读来让人荡气回肠。

北固亭，又称凌云亭、摩天亭、临江亭，原址在江苏省镇江市北固山上。因为该亭位于北固山的最高点，上接蓝天而得名凌云亭和摩天亭。又因此亭建造在北固山的面江石壁之巅，故又名"临江亭"。亭石柱上刻有楹联两副："客心洗流水，荡胸生层云"；"此身不觉出飞鸟，垂手还堪钓巨鳌"。登亭放目，四周的水光山色尽收眼底，月夜景色更加迷人。

南乡子·登京口北固亭有怀

水龙吟·登建康赏心亭

宋·辛弃疾

楚天千里清秋,水随天去秋无际。遥岑①远目,献愁供恨,玉簪螺髻②。落日楼头,断鸿③声里,江南游子。把吴钩④看了,栏杆拍遍,无人会,登临意。

休说鲈鱼堪脍⑤,尽西风,季鹰⑥归未?求田问舍,怕应羞见,刘郎才气。可惜流年,忧愁风雨⑦,树犹如此⑧!倩⑨何人唤取,红巾翠袖⑩,揾⑪英雄泪?

注释

①遥岑(cén):远山。②螺髻(jì):玉做的簪子,像海螺形状的发髻,这里比喻远山。③断鸿:失群的孤雁。④吴钩:古代吴地制造的一种宝刀。⑤鲈鱼堪脍(kuài):用西晋张翰典。《世说新语·识鉴篇》记载:张翰在洛阳做官,在秋季西风起时,想到家乡莼菜羹和鲈鱼脍的美味,便立即辞官回乡。后来的文人将思念家乡、弃官归隐称为莼鲈之思。鲈鱼:吴地松江出产的一种味美的鱼。堪:可以。脍:肉细切。⑥季鹰:西晋张翰,字季鹰。⑦求田问舍:买地置屋,谋求个人私利,比喻没有远大志向。风雨:比喻飘摇的国势。⑧树犹如此:用西晋桓温典。《世说新语·言语》:"桓公北征经金城,见前为琅邪时种柳,皆已十围,慨然曰:'木犹如此,人何以堪!'攀枝执条,泫然流涕。"此处借抒发自己不能收复失地虚度时光的感慨。⑨倩(qìng):请托。⑩红巾翠袖:女子装饰,代指女子。⑪揾(wèn):擦拭。

主题二 亭

译文

楚天辽远千里，秋色清浅；江水浩荡无垠，流向天边。极目遥望，远山叠嶂，连绵起伏。国土沦落，忧愁顿生。夕阳斜照，孤雁哀鸣，赏心亭上只有我独自凭栏，看着腰间的宝刀，拍打着高楼的栏杆，苦闷之情无人理解。

鲈鱼切碎烹成了佳肴美味，秋风萧萧，不知张季鹰是否思乡归来？那只为自己买地置屋的许汜，怕应惭愧去见胸怀天下的刘备。叹息着时光如流水般飞逝，担心着国家在风雨中飘摇，真像桓温所说岁月无情催人老，树犹如此，人又如何！叫谁去请那些披红着绿的歌女，来为我擦掉英雄失意的眼泪！

赏析

这首词作于作者在建康通判任上。词人借登临赏心亭，抒发壮志未酬、国势飘摇的抑郁悲愤之情。上阕写景抒情，"把吴钩看了，栏杆拍遍，无人会，登临意"三句直抒胸臆，慨叹自己空有恢复中原的抱负，却无有知音。下阕直接言志，作者引用了三个典故，含蓄地表达了心中志向：我心中确实想念故乡，但我不会像张季鹰、许汜一样贪图安逸，我所忧惧的，只是国势飘摇，时光流逝，北伐无期，恢复中原的夙愿不能实现。年岁渐增，再闲置，恐无力为国效命疆场了。全词通过写景和联想表达了作者恢复中原的壮志难以实现的失意和英雄报国无门的苦闷，同时也表现了词人诚挚无私的爱国情怀。词中用典虽多，却不觉晦涩难懂，体现了辛弃疾词的艺术特点。

赏心亭,南宋都城建康(今南京,古曾称建康,是东吴、东晋、宋、齐、梁、陈六个朝代的都城)城上的亭子,据《景定建康志》记载:"赏心亭在(城西)下水门城上,下临秦淮,尽观赏之胜。"南宋词人辛弃疾任建康通判时,经常登建康城楼,为赏心亭留下多篇名作。

游赏心亭

兰亭集序

东晋·王羲之

永和①九年，岁在癸丑，暮春②之初，会于会稽③山阴④之兰亭，修禊事也⑤。群贤毕至，少长⑥咸集。此地有崇山峻岭，茂林修竹，又有清流激湍，映带左右⑦，引以为流觞曲水⑧，列坐其次。虽无丝竹管弦之盛，一觞一咏⑨，亦足以畅叙幽情。

是日也，天朗气清，惠风和畅。仰观宇宙之大，俯察品类之盛⑩，所以游目骋怀，足以极视听之娱，信可乐也。

夫人之相与，俯仰一世⑪。或取诸怀抱，悟言一室之内；或因寄所托，放浪形骸之外⑫。虽趣舍万殊⑬，静躁不同，当其欣于所遇，暂得于己，快然自足，不知老之将至；及其所之既倦，情随事迁，感慨系之⑭矣。向之所欣，俯仰之间，已为陈迹，犹不能不以之兴怀⑮，况修短随化，终期于尽！古人云："死生亦大矣。"岂不痛哉！

每览昔人兴感之由，若合一契，未尝不临文嗟悼⑯，不能喻⑰之于怀。固知一死生为虚诞，齐彭殇为妄作⑱。后之视今，亦犹今之视昔，悲夫！故列叙时人⑲，录其所述，虽世殊事异，所以兴怀，其致一也。后之览者，亦将有感于斯文。

注释

①永和：东晋皇帝司马聃（晋穆帝）的年号。②暮春：春季的末一个月。③会稽（kuài jī）：郡名，在今浙江省北部和江苏省东南部一带。④山阴：当时的县名。⑤修禊（xì）事也：（为了）做禊事。禊：一种祭礼。禊事：古代的一种风俗，三月三日人们到水边洗濯，嬉游，以祈福消灾。⑥少长：王羲之的

儿子王凝之、王徽之等是少；谢安、王羲之等是长。⑦映带左右：辉映围绕在亭子的周围。映带：映衬、围绕。⑧流觞（shāng）曲（qū）水：用漆制的酒杯盛酒，放入弯曲的水道中任其漂流，杯停在某人面前，某人就引杯饮酒。这是古人一种劝酒取乐的方式。⑨一觞一咏：喝着酒作着诗。⑩品类之盛：地上万物的繁多。品类：指自然界的万物。⑪夫人之相与，俯仰一世：人与人相交往，很快便度过一生。夫：助词，引起下文。相与：相交往。俯仰：表示时间的短暂。⑫因寄所托，放浪形骸之外：就着自己所爱好的事物，寄托自己的情怀，不受约束，放纵无羁的生活。因：依、随着。寄：寄托。所托：指所爱好的事物。放浪：放纵、无拘束。形骸：身体、形体。⑬趣（qǔ）舍万殊：各有各的爱好，取舍各不相同。趣：趋向、取向。舍：舍弃。万殊：千差万别。⑭感慨系之：感慨随之产生。系：附着。⑮以之兴怀：因它而引起心中的感触。以：因。之：指"向之所欣……已为陈迹"。兴：发生、引起。⑯临文嗟（jiē）悼：读古人文章时叹息哀伤。临：面对。悼：悲伤。⑰喻：明白。⑱固知一死生为虚诞，齐彭殇为妄作：本来知道把死和生等同起来的说法是不真实的，把长寿和短命等同起来的说法是妄造的。一：把……看作一样。齐：把……看作相等，都作动词用。彭：即彭祖，传说中他曾活到八百多岁。一死生，齐彭殇，都是庄子《齐物论》中的看法。⑲列叙时人：一个一个记下当时与会的人。

译文

永和九年，是癸丑之年，阴历三月初，（我们）会集在会稽山阴的兰亭，是为了从事修禊祭礼。众多贤才都会聚在这里，年长的、年少的都聚集在一起。兰亭这地方有高峻的山峰，高大茂密的竹林，又有清澈湍急的溪流，辉映环绕在亭子的四周，（我们）引（清流激湍）来作为流觞的曲水，排列坐在曲水旁边。虽然没有演奏音乐的盛况，（但）

主题二 亭

喝点酒，作点诗，也足以畅快抒发内心深处的情感。这一天，春风和暖畅快，仰首观览到宇宙的浩大，俯瞰如此繁多的大地万物，借以舒展眼力，开畅胸怀，尽情地享受视听的乐趣，实在是快乐呀！

人们彼此交往，很快便度过一生。有时在室内畅谈自己的胸怀抱负；有时就着自己所爱好的事物，寄托情怀，不受任何拘束，放纵无羁地生活。虽然取舍爱好各不相同，安静与躁动各不一样，（可是）当他们遇到欢欣的事情，一时感到自得，感到喜悦和满足，就不觉得衰老即将到来；等到（对于）那些所得到的东西已经厌倦，心情也随着事物的变化而改变，感慨随之产生。过去感到欢欣的事情，转眼之间成为旧迹，仍然不能不因它引起心中的感触，何况寿命的长短，听凭造化，最终归结于消亡！古人说："死生也是一件大事啊。"怎么能不悲哀呢？

每当看到古人（对死生的大事）发生感慨的原因（和我所感慨的）像符契那样相合，没有不对着前人的文章感叹悲伤的，（却）又不能明白为什么会这样。本来知道把死和生等同起来的说法是不真实的，把长寿和短命等同起来的说法是荒诞的。后代的人看现在，也正如同我们今天看过去一样，这真是可悲呀！所以我一个一个记下当时参加聚会的人，抄录下他们作的诗赋，即使时代变了，世事不同了，但是人们兴发感慨的缘由，人们的思想情趣是一样的。后世的读者，也将有感慨于这次集会的诗文。

赏　析

王羲之（303—361），字逸少，东晋时期著名书法家，有"书圣"之称。东晋穆帝永和九年（公元353年）三月三日，时任会稽内史的王羲之与友人谢安、孙绰等四十一人会聚兰亭，赋诗饮酒，各抒怀抱。王羲之将诸人名爵及所赋诗作编成一集，并作序一篇，记述流觞曲水一事，抒写由此而引发的内心感慨，这篇序文就是《兰亭集序》。

本文是一篇书序。文章首先记述了集会的时间、地点及与会人物，言简意赅。接着描绘兰亭所处的自然环境和周围景物，语言简洁而层次井然。描写景物从大处落笔，由远及近；转而由近及远，推向无限。先写崇山峻岭，渐写清流激湍，再顺流而下转写人物活动及其情态，动静结合。然后再补写自然物色，由晴朗的碧空和轻扬的春风，自然地推向寥廓的宇宙及大千世界中的万物。意境清丽淡雅，情调欢快畅达。兰亭宴集，真可谓"四美俱，二难并"。但天下没有不散的筵席，有聚合必有别离，所谓"兴尽悲来"当是人们常有的心绪，尽管人们取舍不同，性情各异。刚刚对自己所向往且终于获得的东西感到无比欢欣时，刹那之间已为陈迹。每当想到人的寿命不论长短，最终归于寂灭时，更加使人感到无比凄凉和悲哀。本文第一段重在叙事写景，后一部分转为议论和抒情。作者在抒发人生苦短、生命不居的感叹中，流露着一腔对生命的向往和执着的热情。

综观全篇，作者时而欢欣，时而喜极而悲，文章也随着情感变化极尽波澜起伏、抑扬顿挫之美。《兰亭集序》可谓千古盛传的名篇佳作。

兰亭，位于今浙江省绍兴市西南的兰渚山下，是东晋著名书法家王羲之的园林住所，著名的书法胜地。春秋时越王勾践种兰于此，东汉时建驿亭，兰亭由此得名。陆游《兰亭》诗云："兰亭绝境擅吾州，病起身闲得纵游。曲水流觞千古胜，小山丛桂一年秋。酒酣起舞风前袖，兴尽回桡月下舟。江左诸贤嗟未远，感今怀昔使人愁。"

兰亭里有曲水流觞亭、右军祠、墨池等建筑。流觞亭面阔三间，四面有围廊。亭前溪流在曲沟里缓缓流过，这就是有名的曲水。右军祠是纪念王羲之的祠堂。王羲之当时任右将军、会稽内史，因此人们常称他为王右军。祠内有许多碑刻，正中悬挂王羲之画像，两边悬挂对联："毕生寄迹在山水，列坐放言无古今。"祠内有一水池，称为"墨池"，据说当年王羲之用池子的水蘸笔习书，把整池水都染黑了。

题滁州醉翁亭

宋·欧阳修

四十未为老,醉翁偶题篇。

醉中遗万物①,岂复记吾年。

但爱亭下水,来从乱峰间。

声如自空落,泻向两檐前。

流入岩下溪,幽泉助涓涓②。

响不乱人语,其清非管弦。

岂不美丝竹,丝竹不胜繁。

所以屡携酒,远步就潺湲③。

野鸟窥我醉,溪云留我眠。

山花徒能笑,不解与我言。

惟有岩风来,吹我还醒然。

注释

①遗:遗忘,忘记。②涓涓:水细流不绝的样子。③潺湲(chán yuán):水慢慢流的样子。

诗画建筑
—— 诗词里的建筑之美

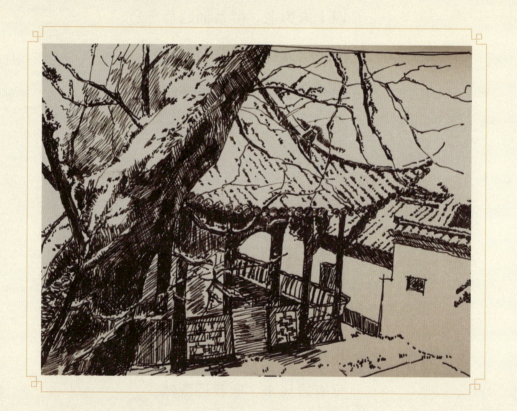

译文

四十岁还不算老，我醉翁忘怀得失，偶然吟诗赋文。闲来喝酒自娱，一醉方休万物年龄皆忘。只钟爱在乱峰间穿流而过的潺潺溪水，水声清扬，如同高空落下，流水击石，泉水叮咚，比管弦之乐更悠扬，比丝竹之声更悦耳。常常带酒远行来此畅饮，听淙淙的水声，看归林的山鸟，赏盛开的野花。林间万物不解我语，物我两忘悠然入眠。直到山风徐徐吹来，才将我从醉梦中唤醒。

赏析

欧阳修（1007—1072），字永叔，号醉翁、六一居士，吉州永丰（今江西省吉安市永丰县）人。北宋文学领袖，唐宋八大家之首。与韩愈、柳宗元、苏轼被后人合称"千古文章四大家"，且在政治上负有盛名。

这是一首风格飘逸、志趣超然的五言古体诗。开篇四句，诗人以"醉翁"自娱，不计异岁，忘怀得失，顺性而为。他偶尔吟诗赋文，日间痛饮一壶酒，一醉方休了百忧。读之品之，一个淡泊率真的雅士形象便跃然纸上。"但爱亭下水"一句，极言诗人对水情有独钟，爱之深切。"响不乱人语，其清非管弦。岂不美丝竹，丝竹不胜繁"，此四句写水声悠扬悦耳，比管弦更清，比丝竹更美。真可谓"此曲只应天上有，人间能得几回闻？"倾听水声，诗人意醉神迷流连忘返；借写泉水，寄托了诗人的幽怀雅趣。

全诗以"醉"字起篇，以"醒"字收笔，情景互现，虚实相生。素朴自然的山水既赋予了醉翁亭以灵气，同时也成就了诗人挥洒自如的翰墨秉性。

醉翁亭，位于安徽省滁州市西南琅琊山麓。醉翁亭为四大名亭之首，始建于北宋庆历六年（公元1046年），因北宋文坛领袖欧阳修命名并撰《醉翁亭记》一文而闻名遐迩。

北宋庆历五年（公元1045年），欧阳修来滁州，结识了琅琊寺住持智仙和尚，彼此成为知音。智仙和尚在山麓建造了一座小亭，欧阳修亲为作记，这就是有名的《醉翁亭记》。从此，欧阳修常同朋友到亭中游乐饮酒，"太守与客来饮于此，饮少辄醉，而年又最高，故自号曰醉翁也"。"醉翁亭"因此得名，并被誉为"天下第一亭"。

醉翁亭记

台榭一方胜，江山千古同

主题三 台榭

台榭一方胜，江山千古同

九层之台，起于累土。中国古代将地面上的夯土高墩称为台，台上的木构房屋称为榭，两者合称为台榭。台榭是宫室宗庙中常用的一种建筑形式，具有防潮和防御的功能。《尔雅》上讲："观四方而高曰台，有木曰榭。"《释名》中说："台者，持也。言筑土坚高，能自胜持也。"可见高台之上可进行观景、宴饮、祭祀等活动。

园林中的台多供眺望或游观，登临高台极目远眺，抚今追昔，触目伤怀。"万里悲秋常作客，百年多病独登台。"（杜甫《登高》）"凤凰台上凤凰游，凤去台空江自流。"（李白《登金陵凤凰台》）文人墨客以台榭为意象，为我们留下了脍炙人口的诗篇。

台榭一方胜，江山千古同。让我们徜徉在古诗文苑中，去欣赏台榭建筑和文人风骨之美。

主题三 台榭

咏铜雀台

唐·汪遵

铜雀台成玉座空①,短歌长袖尽悲风②。

不知仙驾归何处,徒遣颦眉望汉宫③。

注释

①玉座空:指铜雀台建成几年后曹操就去世了。②短歌长袖:曹操在铜雀台中留存了许多美女,供他取乐。③颦(pín)眉:皱眉,代指美女。望汉宫:曹操死前,遗令铜雀台中的美女自给自足,每到他的祭日以及每月初一、十五都要歌舞献祭。

译文

曹操修建了壮观的铜雀台,几年光景人去台空,杳不知魂归何处。昔日在铜雀台上歌舞升平的美女空留其中,她们在凄厉的寒风中舒展长袖,为曹操歌舞献祭。

赏析

汪遵,宣州泾县(今属安徽)人。其诗大多为怀古之作,尤善以绝句咏史,有诗集《唐才子传》传世。

这是一首咏史的七言绝句。作者以三国时期曹操建造铜雀台的历史事件为题材，对曹操死后还不忘人间逸乐的荒唐行为进行了鞭挞，同时也流露出作者对世事变迁盛衰无常的感慨。

铜雀台，位于河北省临漳县境内。临漳古为邺城，古邺城始建于春秋齐桓公时。三国时期，曹操击败袁绍后营建邺都，修建了铜雀、金虎、冰井三台，其中铜雀台最为壮观，台高十丈，有屋百余间。台上楼宇连阙，飞阁重檐，雕梁画栋，气势恢宏。楼顶置铜雀高一丈五，舒翼若飞，神态逼真。历代名人登台题咏，无限风光。

铜雀台到明代末年已基本被毁，地面上只留下台基一角。如今的铜雀台只剩下残垣颓壁。

木兰花慢·游三台

登幽州台歌

唐·陈子昂

前不见古人①，后不见来者②。

念天地之悠悠③，独怆然而涕下④！

 注释

①古人：古代那些能够礼贤下士的圣君。②来者：后世那些重视人才的贤明君主。③悠悠：形容时间的久远和空间的广大。④怆（chuàng）然：悲伤凄恻的样子。

前不见古代招贤的圣君，后不见后世惜才的明君。想到天地苍茫浩渺辽远，落寞悲伤不禁泪流满面。

陈子昂（659—700），字伯玉，梓州射洪（今属四川）人，初唐诗文革新人物之一，有《陈伯玉集》。二十六岁举进士，因上书言政，受武则天赏识。后因直言敢谏，针砭时弊，违忤当政的武氏集团而屡遭打击。

《登幽州台歌》是一首吊古伤今的生命悲歌。此诗通过描写登楼远眺，凭今吊古所引起的无限感慨，抒发了诗人怀才不遇报国无门的悲愤之情，同时，也揭示了封建社会怀才不遇的知识分子惨遭压抑的境遇。全诗语言苍劲奔放，富有感染力。前两句俯仰古今，写时间漫长；第三句登楼眺望，写空间辽阔；第四句描绘了诗人孤独苦闷的情绪，和广袤无限的时空背景两相映照，更显苍凉悲壮。

　　幽州台，又叫黄金台，又称蓟北楼，幽州是古十二州之一。燕国时期，燕昭王为招纳天下贤士而建，因燕昭王将黄金置于台上而得名，其师郭隗，成为当时燕昭王用黄金台招纳而来的第一位贤才。黄金台旧说有三处，尤以北京市朝阳区黄金台最著名。"金台夕照"，旧为燕京八景之一。

登金陵凤凰台

唐·李白

凤凰台上凤凰游,凤去台空江自流。

吴宫花草埋幽径①,晋代衣冠成古丘②。

三山半落青天外③,二水中分白鹭洲④。

总为浮云能蔽日⑤,长安不见使人愁。

注释

①吴宫:三国时孙吴曾于金陵建都筑宫。②晋代:指东晋,南渡后也建都于金陵。衣冠:指的是东晋文学家郭璞的衣冠冢,现今仍在南京。古丘:坟墓、坟茔。③半落青天外:形容极远,看不太清楚。④二水:指秦淮河流经南京后,西入长江,被横截其间的白鹭洲分为两支。白鹭洲:古代长江中的沙洲,洲上多集白鹭,故名。⑤浮云能蔽日:比喻谗臣当道障蔽贤良。浮云:比喻奸邪小人。

译文

凤凰台上曾经有凤凰来悠游,凤去台空只有江水依旧东流。昔日繁华吴宫变成荒草野径,晋代显赫王族已成荒冢古丘。三山云雾中隐现如落青天外,长江被白鹭洲分成两条河流。总有奸臣当道犹如浮云遮日,望不见长安心中郁闷常怀愁。

诗画建筑
——诗词里的建筑之美

这首七言律诗是唐代律诗中脍炙人口的杰作,诗人登临游览吊古伤今。开头两句写凤凰台的传说,"凤凰台"在金陵凤凰山上,相传南朝刘宋永嘉年间有凤凰集于此山,乃筑台,山和台也由此得名。当年凤凰来游象征着王朝的兴盛;如今凤凰台一片荒芜,六朝的繁华也不再复存,美景如故自然永恒,只有大江自流,一个"自"字,道出了对历史兴亡的喟叹。三、四句概述了凤凰台作为六朝故都所见证的历史兴亡。"吴宫花草"表现昔日吴王苑囿的似锦繁华和如今的荒草满径。"晋代衣冠"表现当年东晋的豪门权贵,昔日盛极一时,如今他们的孤冢却散落在荒烟蔓草之中。"三山半落青天外,二水中分白鹭洲"二句对仗工整,写诗人远眺之景。登台远望那远处的三山,半落在青天之外,云雾缭绕;白鹭洲横卧江心,使二水分流,波涛汹涌。最后一联诗人回到眼前的现实,浮云不能蔽日,奢华权势也不能长久,这两句诗暗示皇帝被奸邪包围,诗人为日趋衰颓的国家命运而忧愁的爱国情怀跃然纸上。

　　这首诗把历史典故、眼前景物及诗人感受融为一体,意旨深远,感情深沉,堪称李白七律作品中的杰作。

　　凤凰台,位于江苏省南京市西南部花盂冈。据说南朝刘宋元嘉年间,有三只像孔雀的大鸟翔集山间,并招引无数禽鸟集于周围,俗谓"百鸟朝凤"。于是诏置凤台里,称三鸟翔集之山为凤台山,并在山上筑台,称之凤凰台。唐天宝年间,大诗人李白离开长安甫游金陵,与友人崔宗之同上凤凰台,北宋初期,凤凰台毁于战火。李白的千古名句"凤凰台上凤凰游,凤去台空江自流",更使凤凰台闻名遐迩。

苏台览古

唐·李白

旧苑荒台杨柳新①,菱歌清唱不胜春②。

只今惟有西江月,曾照吴王宫里人③。

注释

①旧苑:指苏台。苑:园林。②菱歌:东南水乡老百姓采菱时唱的民歌。清唱:形容歌声婉转清亮。③吴王宫里人:指吴王夫差宫廷里的嫔妃。

译文

曾经的舞榭歌台,园林宫阙,现今已荒凉破败;登台远望,杨柳青青春色宜人;菱歌声声清扬悦耳。吴王逸事如风般消散,如今只有那见证过吴宫繁华的西江明月仍高悬夜空。

赏析

《苏台览古》是一首七言绝句,描写了姑苏台的今昔变化,突出了春光依旧,而穷奢极欲的帝王已无处寻觅的现实,表达了昔盛今衰的感慨。诗歌先写今景,吴苑的残破,苏台的荒凉,人事的变迁,兴废的无常,自在其中。紧接着写杨柳在春天又发新芽,柳色青青,年年如旧,岁岁常新,不变的景物与变化的人事对照,更加深了对古今盛衰的感慨。次句接

主题三 台榭

着写当前景色,昔日的帝王宫殿,美女笙歌,都已化为乌有。后两句点出,只有悬挂夜空的西江明月,照见过吴宫的繁华,才是亘古不变的,乃历史的见证人。

姑苏台,位于今江苏省苏州市西南姑苏山上。公元前492年吴王夫差战胜越国后,在吴中大兴土木,到处建造宫室和亭台楼阁,姑苏台即建造于此时。姑苏台高三百丈,宽八十四丈,有九曲路拾级而上,登上巍巍高台可饱览方圆二百里范围内的湖光山色和田园风光,其景冠绝江南,闻名于天下。高台四周曾栽有四季之花、八节之果,横亘五里;曾挖天池、开河、造龙舟、围猎物,供吴王逍遥享乐。

越国灭吴国后,吴王夫差用八年心血建成的姑苏台,被越兵付之一炬,变成了一片废墟。姑苏台的辉煌与兵燹(xiǎn),表明了吴国的兴衰,历史记载着过去,姑苏台也因此成为凭吊怀古之地。

咏史诗·姑苏台

秋日登吴公台上寺远眺

唐·刘长卿

古台摇落后①,秋日望乡心。

野寺人来少②,云峰水隔深。

夕阳依旧垒③,寒磬满空林④。

惆怅南朝事⑤,长江独至今。

注释

①摇落:零落、凋残。这里指台已倾废。语出宋玉《九辩》:"悲哉秋之为气也,萧瑟兮摇落而变衰。"②野寺:位于偏地的寺庙。这里指吴公台上寺。③依:靠,这里含有"依恋"之意。旧垒:指吴公台。垒:军事工事。按吴公台本为陈将吴明彻重筑的弩台。④寒磬(qìng):清冷的磬声。磬:寺院中敲击以召集众僧的鸣器,这里指寺中报时拜神的一种器具。空林:因秋天树叶脱落,更觉林空。⑤惆怅:失意,用来表达人们的心绪。南朝事:因吴公台关乎南朝的宋和陈两代事,故称。南朝:宋、齐、梁、陈,据地皆在南方,故名。

译文

萧瑟秋日,登上破败的古台遥望家乡,思乡之情油然而生。只见那寺庙地僻偏远人迹罕至,一片荒凉。遥望远山群峰,云雾缭绕幽深苍莽。吴公台上，夕阳斜照，清冷的钟磬声在空旷的山林中回荡。想起南朝衰败旧事，不胜唏嘘，只有那长江水奔流不息，亘古如斯。

刘长卿（？—约789），字文房，河间（今属河北）人。天宝进士，曾任长洲县尉，因事下狱，两遭贬谪。诗多写政治失意之感，也有反映离乱之作，善于描绘自然景物，风格简淡。长于五言，被称为"五言长城"，有《刘随州诗集》。

这是一首五言绝句，作于刘长卿旅居扬州之时。安史之乱爆发后，刘长卿长期居住的洛阳落入乱军之手，诗人被迫流亡到江苏扬州一带，秋日登临吴公台，写下这首吊古之作。此诗将凭吊古迹和写景思乡融为一体，对古今兴废的咏叹苍凉深邃。全诗写"远眺"，主导情绪却是"悲秋"，通过对深秋景象的描绘，熔铸了诗人对人生、社会、时代的凄凉感受。此诗文笔简淡，意境深远，乃"五言长城"的上乘之作。

吴公台，位于今江苏省扬州市邗江区。南朝宋时，沈庆之攻竟陵王诞时所筑之弩台，后来陈朝名将吴明彻围攻北齐敬子猷，增筑以射城内，故名。历代诗词中，时有提及吴公台，例如，唐代白居易《隋堤柳》诗："土坟数尺何处葬，吴公台下多悲风。"清代徐昂发《扬州》诗："莫向吴公台上望，江南江北总无家。"

听话丛台

琴台

唐·杜甫

茂陵多病后①,尚爱卓文君②。

酒肆人间世③,琴台日暮云。

野花留宝靥④,蔓草见罗裙⑤。

归凤求凰意,寥寥不复闻。

注释

①茂陵:司马相如病退后,居茂陵,这里茂陵代指司马相如。多病:司马相如有消渴病,即糖尿病。②卓文君:汉才女,与司马相如相爱。③酒肆(sì):卖酒店铺。④宝靥(yè):妇女颊上所涂的妆饰物,又唐时妇女多贴花钿于面,谓之靥饰。这里指笑容、笑脸。⑤蔓(màn)草:蔓生野草。罗裙:丝罗制的裙子,多泛指妇女衣裙。

译文

司马相如患病隐退茂陵,依然对卓文君情有独钟。想当年司马相如家徒四壁,二人在当垆卖酒谋生。登台远眺,暮云缭绕。琴台上野花盛开,如文君浅笑盈盈;琴台下碧草青青,如文君罗裙款款。只可惜凤求凰的爱情传奇,现今很少再听到人们传颂。

赏析

杜甫（712—770），字子美，自称少陵野老，唐代伟大的现实主义诗人，与李白合称"李杜"。杜甫在中国古典诗歌中的影响非常深远，被后人称为"诗圣"，他的诗被称为"诗史"。后世称其杜拾遗、杜工部，也称他杜少陵、杜草堂。

《琴台》是杜甫创作的一首五言律诗，是其晚年在成都凭吊汉代司马相如遗迹琴台时所作。首联从司马相如与卓文君的晚年生活着墨，写他俩始终不渝的真挚爱情。颔联笔锋斗转，回溯到两人的年轻时代。司马相如因爱慕蜀地富人卓王孙寡居的女儿卓文君，在琴台上弹奏了一首《凤求凰》，卓文君为琴音所动，夜奔相如，此事受到了卓王孙的强烈阻挠，但两人绝不屈服。相如家徒四壁，夫妻俩开酒铺卖酒营生，勇气可嘉，诗人因此追怀赞赏，感慨今日空见琴台。颈联诗人由眼前景浮想联翩，再现文君光彩照人的形象。尾联两句点名主题，文君和相如反抗世俗礼法，追求美好生活的精神，后来几乎是无人继起了。

琴台，源于汉司马相如和卓文君隽永的爱情故事，现位于成都城外浣花溪畔。北接杜甫草堂，东连四川省博物馆，占地 32.32 公顷，建设总投资 1.2 亿元，于 2003 年建成。

黄金台

明·汤显祖

昭王灵气久疏芜,今日登台吊望诸①。

一自蒯生流涕后②,几人曾读报燕书③!

注 释

①望诸:乐毅,燕昭王与齐有怨,乐毅为燕昭王谋划,策动赵、楚、韩、魏等国与燕国联盟,于是,燕昭王使乐毅为上将军,总领五国兵马伐齐,攻下齐都临淄等七十余城。燕昭王卒,燕惠王即位,齐行反间计,燕惠王便召回乐毅,使骑劫代将。毅惧,出奔赵,赵封毅于观津,号望诸君。②蒯(kuǎi)生流涕:见《史记·乐毅列传》:"始齐之蒯通及主父偃读乐毅之报燕王书,未尝不废书而泣也。"③报燕书:乐毅给燕惠王的信,乐毅亡赵后,齐将田单大破燕军,燕惠王深悔毅之出走,使人责备乐毅,并赔罪,想请乐毅重返燕国,乐毅因此回信给燕惠王,说明了自己与先王的相知和对先王的忠心,驳斥了燕惠王对自己的责难和误解,抒发了功败垂成的愤慨。

译 文

燕昭王的黄金台早就荒芜,我独自漫步荒台感慨万千。昔日蒯通读乐毅给燕惠王的信曾痛哭流涕,自那以后还有谁会读此信呢?

赏析

汤显祖（1550—1616），明代戏曲家、文学家。字义仍，号海若、若士、清远道人，临川（今江西抚州）人。

这是一首咏史诗，是诗人有感于战国时著名军事家乐毅的坎坷经历而作。诗的前半段感慨明君难得。燕昭王礼贤下士，知人善任。据说他曾筑黄金台延请天下英雄，然而，历史上像燕昭王这样的明君毕竟不多，乐毅所主持的伐齐大业，最终因燕惠王的猜忌而功败垂成。诗人独自在荒台上漫步，由乐毅的悲剧，联想起自身的遭遇而感慨万千。这两句诗一句写古，一句写今，给人以沉重的历史感。诗的后半段含意复杂，为什么诗人对此会有特别深的感触？原来诗人晚年弃官归隐也曾面临过同样的困境，一方面，他很有政治才干，也很想以此来报效君王；另一方面，朝政日非，邪佞压正。因此，诗人弃官归隐与乐毅的出走，有某种程度上的相似性。全诗以反问句结尾，语气强烈，寄寓了诗人内心的愤懑与不平。

这首诗融古今为一体，笔笔似在写史，又笔笔都在述怀，不枝不蔓，文笔洗练，是咏史诗中不可多得的佳作。

黄金台，又称昭王台、燕台、金台、招贤台，故址位于河北省定兴县高里乡北章村。战国时期，燕昭王为招纳天下贤士而建，因燕昭王将黄金置于台上而得名。燕昭王拜郭隗为其师，他成为当时燕昭王用黄金台招纳而来的第一位贤才。

据清康熙十二年《定兴县志》记载："黄金台燕昭王筑，礼郭隗以致士。乐毅剧辛先后至。故址在县西三十里北章村。年华旷邈，风雨崩摧于此，愈彰深古，触人远怀。不知乃自何人构为梵宇，缀以浮屠，则悬金区作布金地矣惜也。"

咏史诗·章华台

唐·胡曾

茫茫衰草没章华,因笑灵王昔好奢。

台土未干箫管绝,可怜身死野人家。

注释

① 箫管：泛指管乐器。

译文

昔日豪华的章华台如今衰草连天，可笑昔日那穷奢极欲、贪图享乐的楚灵王。如今章华台仍在，却不见了当年的歌舞升平，可叹那楚灵王落得个兵败身死、埋没荒野的下场。

赏析

胡曾，生卒年不详，邵阳（今属湖南）人，唐代诗人。爱好游历，以写咏史诗著称。每览古今兴废陈迹，慷慨怀古，作咏史诗三卷，今仅存数首。

《咏史诗·章华台》是一首咏史的七言古诗，诗人以章华台为题，写楚灵王不务政事，极尽奢华，劳民伤财，巨资修建豪华巍峨的章华台供己享乐的史实。楚灵王多行不义，最后遭其兄讨伐，兵败后投奔野人之家求食被拒，饿死荒野。胡曾借古讽今，警告和规劝统治者们以史为鉴，不要荒淫无道，以免乐极生悲。

章华台，又称章华宫，是楚灵王六年（公元前566年）修建的离宫。台高十丈，基广十五丈，曲栏拾级而上，中途休息三次才能到达顶点，故又称"三休台"。因为楚灵王特别喜欢细腰女子在宫内轻歌曼舞，不少宫女为求媚于王，少食忍饿，以致细腰，故亦称"细腰宫"。这座"举国营之，数年乃成"的宏大建筑，当时被誉为"天下第一台"，后毁于兵乱。

章台夜思

歌风台

唐·林宽

蒿棘空存百尺基①,酒酣曾唱大风词②。

莫言马上得天下③,自古英雄尽解诗④。

注释

①蒿棘:蒿草与荆棘,亦泛指野草。基:地基,指基业。②大风词:《大风歌》之词。③马上得天下:凭武功建国。《史记·郦生陆贾列传》:"陆生时时前说称《诗》《书》。高帝骂之曰:'乃公居马上而得之,安事《诗》《书》!'陆生曰:'居马上得之,宁可以马上治之乎?且汤武逆取而以顺守之,文武并用,长久之术也。'"④尽解诗:都懂得诗词歌赋。解:理解、懂得。

译文

纵横百尺的歌风台现已杂草丛生,当年汉高祖刘邦衣锦还乡,酒酣兴起曾在此高唱《大风歌》。刘邦靠马上得天下有什么值得夸耀的呢,自古天下真正的英雄可都是文武兼修之人。

赏析

林宽,唐朝诗人,著有多部作品,其代表作品是《文献通考》。《歌风台》是唐代诗人林宽的一首七言绝句。首句慨叹百尺基业,如今也不过是杂草丛生而已,接下来对刘邦慷慨悲壮地吟唱《大风歌》一事

诗画建筑
——诗词里的建筑之美

88

进行了追忆,最后两句表明诗人的观点:自古以来文韬武略兼备才称得上真正的英雄。

歌风台,位于江苏省徐州市沛县县城中心汉城公园内,是"沛县古八景"之一,也是现今重要观光旅游景点之一。歌风台原在古县城东南,历经沧桑,屡迁屡建。今天的歌风台,建筑面积12600平方米,建筑总高26.8米,是汉城建筑群的制高点,壮阔雄伟,在同类建筑中堪居首位。

登单于台

诗画建筑
——诗词里的建筑之美

望江南①·超然台作

宋·苏轼

春未老,风细柳斜斜。试上超然台上看,半壕②春水一城花。烟雨暗千家。

寒食③后,酒醒却咨嗟④。休对故人思故国⑤,且将新火试新茶⑥。诗酒趁年华。

注释

①望江南:原唐教坊曲名,后用为词牌名,又名"忆江南"。②壕:护城河。③寒食:节令。旧时清明前一天(一说前两天)为寒食节。④咨嗟(zī jiē):叹息、慨叹。⑤故国:这里指故乡、故园。⑥新火:唐宋习俗,清明前两天起,禁火三日。节后另取榆柳之火称"新火"。新茶:指清明前采摘的"雨前茶"。

译文

春色未尽,和风习习,柳枝翩跹。登台远眺,无限春光尽收眼底。河水绕城,春花烂漫;蒙蒙细雨,如烟似雾,笼罩着万户千家。

寒食过后,喝酒自娱,酒醒思乡叹息不已。还是不要在老朋友面前思念故乡了,姑且点上新火来烹煮一杯新茶,作诗醉酒都要趁年华尚在啊。

主题三 台榭

苏轼（1037—1101），字子瞻，号东坡居士，眉州眉山（今属四川）人，北宋著名文学家、书法家、画家。

北宋熙宁九年（公元1076年）暮春，苏轼登超然台，眺望春色烟雨，触动乡思写下此作。这首词情由景发，情景交融。词中浑然一体的斜柳、楼台、春水、城花、烟雨等暮春景象，以及烧新火、试新茶的细节，细腻生动地表现了作者细微而复杂的内心活动，表达了词人炽烈的思乡之情。这首词上阕写景，"以乐景衬哀情"；下阕抒情，寄寓作者家难回、有志难酬的无奈与怅惘。

超然台，位于山东省诸城市内，为北宋熙宁八年（公元1075年）苏轼任密州太守时所建。当时诸城西北墙上有"废台"，苏轼在废台的基础上重新兴建。其弟苏辙依据《老子》"虽有荣观、燕处超然"文意，将其命名曰"超然"，并作《超然台赋》予以赞咏，后引发苏轼《超然台记》横空出世，成就千古名篇。苏轼政务之余，或远眺名胜古迹，或抚琴抒发情怀。

欲穷千里目,更上一层楼

主题四 楼阁

欲穷千里目，更上一层楼

楼阁是中国古代建筑中的多层建筑，多为木结构。朱楼翠阁，如诗似画，或掩映于青山碧水间，或点缀于锦绣园林中。江南三大名楼揽江山形胜之精华，各有千秋，名不虚传。自古有"洞庭天下水，岳阳天下楼"之誉的湖南岳阳楼，因范仲淹的名篇《岳阳楼记》而举世皆知；江西南昌的滕王阁，因王勃的名句"落霞与孤鹜齐飞，秋水共长天一色"而名扬天下；湖北武汉的黄鹤楼因李白的诗句"眼前有景道不得，崔颢题诗在上头"而平添了几许浪漫传奇。

在古诗词中，楼阁成为一种特有的意象。"昨夜西风凋碧树，独上高楼，望尽天涯路。"（晏殊《蝶恋花》）"无言独上西楼，月如钩。寂寞梧桐深院锁清秋。"（李煜《相见欢》）"昔人已乘黄鹤去，此地空余黄鹤楼。黄鹤一去不复返，白云千载空悠悠。"（崔颢《黄鹤楼》）……楼阁诗词，辉前烛后，盛传不衰。

欲穷千里目，更上一层楼。一处楼阁，一道风景。文人雅士，登临歌咏，诗文便与楼阁相映生辉，从此楼阁名胜遂成经典，声名远播。

滕王阁诗

唐·王勃

滕王高阁临江渚①,佩玉鸣鸾罢歌舞②。

画栋朝飞南浦云③,珠帘暮卷西山雨。

闲云潭影日悠悠④,物换星移几度秋⑤。

阁中帝子今何在⑥?槛外长江空自流⑦。

注释

①渚:江中小洲。②佩玉鸣鸾(luán):身上佩戴的玉饰、响铃。③浦(pǔ):水边或河流入海的地方(多用于地名)。④日悠悠:每日无拘无束地游荡。⑤物换星移:形容时代的变迁、万物的更替。物:四季的景物。⑥帝子:指滕王李元婴。⑦槛(jiàn):栏杆。

译文

巍峨高耸的滕王阁,下临赣江俯览江渚,盛极一时。如今那华车丽服已不见,歌舞升平的景象也不存。画栋飞去,变成南浦早晨的彩云;珠帘卷起,化作西山黄昏的细雨。彩云的倒影在清冽的潭水中悠闲地漂浮,斗转星移时光辗转,几度春来几度秋。昔日建阁的滕王现今又在哪里?人去阁空,只有那栏杆外的悠悠江水空自奔流。

诗画建筑
—— 诗词里的建筑之美

主题四 楼阁

　　王勃(约650—676),字子安,绛州龙门(今山西河津)人,初唐文学家。王勃与杨炯、卢照邻、骆宾王齐名,世称"初唐四杰",王勃为"初唐四杰"之首。

　　王勃的《滕王阁序》名传天下,随赋文而写的《滕王阁诗》同样脍炙人口。诗的首句"滕王高阁临江渚"直接点题,一个"临"字写出了滕王阁的居高之势。第二句由今及古,遥想当年兴建此阁的滕王,坐着鸾铃马车,挂着琳琅玉佩,来到阁上,举行豪华繁盛的宴会的情景。现在人去歌歇,诗人因此产生了人生盛衰无常的怅惘。颔联融情于景,画栋飞上了南浦的云,珠帘卷入了西山的雨。诗人运用夸张的手法既写出了滕王阁居高临远之势,又写出了滕王阁如今冷落寂寞的情形。"阁中帝子今何在"一句,笔触则由空间转入时间,"悠悠"点出了时日的漫长。第六句抒发了物换星移、时光易逝的感叹。尾联设问,以景作结,更进一步抒发了人生盛衰无常而宇宙永恒的感慨。"槛外长江空自流"一句与李白的诗句"唯见长江天际流"的意境有异曲同工之妙。在历代吟咏滕王阁的律绝中,王勃的《滕王阁诗》可谓上乘之作,与《滕王阁序》可谓双璧同辉,相得益彰。

　　滕王阁,位于江西省南昌市赣江之滨,江南三大名楼之一,始建于唐朝永徽四年,唐高祖儿子滕王李元婴任洪州都督时修建的,因初唐诗人王勃诗句"落霞与孤鹜齐飞,秋水共长天一色"而流芳后世。滕王阁是南方唯一一座皇家建筑,是中国古代建筑艺术独特风格和辉煌成就的杰出代表。

　　历史上的滕王阁先后共重建达29次之多,屡毁屡建。现在的滕王阁主阁落成于 1989 年，是按照梁思成绘制的《重建滕王阁计划草图》重建的。阁共九层，濒临赣江，面对西山，视野开阔，距唐代阁址仅百余米，主体建筑为宋式仿木结构，突出背城临江瑰玮奇特的气势。

题滕王阁

登鹳雀楼

唐·王之涣

白日依山尽①,黄河入海流。

欲穷千里目②,更上一层楼③。

①白日:太阳。依:依傍。尽:消失。这句话是说太阳依傍山峦沉落。②欲:想要。穷:尽,使达到极点。千里目:眼界宽阔。③更:再。

夕阳依傍着连绵的群山冉冉西沉,滔滔黄河朝着辽阔的东海汹涌奔流。若想视野开阔看得更远,那就要登上更高的一层城楼。

赏析

王之涣(688—742),字季凌,晋阳(今山西太原)人,盛唐时期的著名诗人。性格豪放不羁,常击剑悲歌,其诗多被当时乐工制曲歌唱,名动一时。存世之作仅有六首,几乎篇篇佳构,至今广为传诵。

《登鹳雀楼》是唐代五言诗的压卷之作。这首诗着重描写了诗人在登高望远中表现出来的胸襟抱负,景色描写的波澜壮阔,气势雄浑,反映了盛唐时期人们昂扬向上的进取精神。前两句"白日依山尽"写的是远景,

诗画建筑
——诗词里的建筑之美

"黄河入海流"写的是近景,"山"和"海"的远近对比使景色显得更加气势磅礴。诗人仅用十个字便为我们勾勒出一幅壮美的万里江山图,令人叹为观止。诗人平视,则见日没西山,一片残阳余晖;俯视,则见黄河回折入海,一曲奔腾乐章。而若想望到一个更开阔、更高远的境界,就要"更上一层楼"。末尾两句是千古传诵的名句,既别有新意出人意料,又与前两句诗承接得自然紧密,展现了一种蓬勃向上的情怀。四句诗境界廓大,寓哲理于景物之中。

知 识 链 接

鹳雀楼,又名鹳鹊楼,位于山西省永济市蒲州古城西面的黄河东岸,传说常有鹳雀在此停留,故有此名。楼有三层,结构奇巧,楼体壮观;前可瞻望群山,下可俯瞰黄河,景象壮阔。唐宋之际文人学士登楼赏景留下许多不朽诗篇,以王之涣《登鹳雀楼》最负盛名。

鹳雀楼始建于北周(约557—580),历经隋、唐、五代、宋、金七百余年,至元初金元争战,"夜半攻城以登,焚楼橹",从此鹳雀楼毁于兵火。明初故址尚存,后因黄河水泛滥,河道摆动频繁,故址难以寻觅,人们只得以蒲州西城楼作"鹳雀楼",登临作赋者不绝。

诗画建筑
——诗词里的建筑之美

黄鹤楼

唐·崔颢

昔人已乘黄鹤去①，此地空余黄鹤楼。

黄鹤一去不复返，白云千载空悠悠②。

晴川历历汉阳树③，芳草萋萋鹦鹉洲④。

日暮乡关何处是⑤？烟波江上使人愁⑥。

注释

①昔人：传说中骑鹤飞去的仙人。②悠悠：飘荡的样子。③晴川：阳光照耀下的晴朗江面。川：平川原野。历历：清楚可数。汉阳：武汉三镇之一，在武昌西北。④萋萋：形容草木茂盛。鹦鹉洲：长江中的小洲，在黄鹤楼东北，位于湖北省武汉市武昌西南，根据《后汉书》记载，汉黄祖担任江夏太守时，在此大宴宾客，有人献上鹦鹉，故称鹦鹉洲。⑤乡关：故乡家园。⑥烟波：暮霭沉沉的江面。

译文

古时仙人驾鹤远去不可见，今日此地鹤去楼空不复返。唯有天际白云，悠悠千载，漂浮依旧。阳光照耀的汉阳树清晰可见，碧草覆盖的鹦鹉洲郁郁葱葱。黄昏日暮，夕阳残照，家乡何在？江雾弥漫，烟波浩森，倍增乡愁无限。

主题四 楼阁

103

赏析

崔颢（？—754），汴州（今河南开封）人，唐代诗人。早期诗多写闺情，后历边塞，诗风雄浑。

《黄鹤楼》是崔颢创作的一首七言律诗。本诗描写在黄鹤楼上远眺所见壮丽景色，借黄鹤一去不复返、空留悠悠白云的神话传说，表现人生有限宇宙无穷的感慨，抒写了作者怀乡思家的深情。全诗气象雄浑，意蕴深厚。

首联融入仙人乘鹤的传说，描绘了黄鹤楼的近景，隐含着此楼枕山临江、峥嵘缥缈的形势。颔联在感叹"黄鹤一去不复返"的抒情中，描绘了黄鹤楼的远景，表现了此楼耸入天际、白云缭绕的壮观。颈联游目骋怀，直接勾勒出黄鹤楼外江上明朗的日景。尾联徘徊低吟，间接呈现出黄鹤楼边江上朦胧的晚景。本诗把人们登临黄鹤楼所见所感写得真切感人，全诗只字未提登临，而登临之意无处不在，被人们推崇为题黄鹤楼的绝唱。

据记载，李白登黄鹤楼，欲赋诗，因见崔颢此诗题于楼上，为之敛手，说："眼前有景道不得，崔颢题诗在上头。"严羽在《沧浪诗话》中盛赞："唐人七言律诗，当以崔颢《黄鹤楼》为第一。"

黄鹤楼，位于湖北省武汉市武昌长江南岸，号称"天下江山第一楼"。黄鹤楼始建于三国时期东吴黄武二年（公元223年），传说孙权为实现"以武治国而昌"，筑城为守，建楼以瞭望。至唐朝，逐渐演变为著名的名胜景点。黄鹤楼濒临万里长江，雄踞蛇山之巅，挺拔独秀，辉煌瑰丽，是名传四海的游览胜地，历代文人墨客到此游览，留下了许多脍炙人口的诗篇。唐代诗人崔颢"昔人已乘黄鹤去，此地空余黄鹤楼"的诗句更使黄鹤楼名声大噪，不少江夏名士"游必于是，宴必于是"。然而兵火频繁，黄鹤楼屡建屡毁，屡毁屡建。现今的黄鹤楼，享有"天下绝景"之称，成为武汉市的地标性建筑。

秋登宣城谢朓北楼①

唐·李白

江城如画里②,山晚望晴空③。

两水夹明镜④,双桥落彩虹⑤。

人烟寒橘柚⑥,秋色老梧桐。

谁念北楼上⑦,临风怀谢公⑧。

注释

①宣城:唐宣州,天宝元年(公元742年)改为宣城郡,今属安徽。②江城:泛指水边的城,这里指宣城。③山:陵阳山,在宣城。④两水:宛溪、句溪。宛溪上有凤凰桥,句溪上有济川桥。明镜:指拱桥桥洞和它在水中的倒影合成的圆形,像明亮的镜子一样。⑤双桥:凤凰桥和济川桥。彩虹:水中的桥影。⑥人烟:人家里的炊烟。⑦北楼:谢朓楼。⑧谢公:谢朓,字玄晖,陈郡阳夏(今河南省太康县)人,南朝齐杰出的山水诗人,世称"小谢"。

译文

我登上谢朓北楼遥望,山色渐晚,晴空下江城壮美如画。波光粼粼的两条溪水如明镜般环绕宣城,晚霞映照下的双桥在溪水中的倒影像落入人间的彩虹。村落间泛起的缕缕寒烟缭绕于橘柚间,梧桐树在肃杀的秋色里愈显枯老。谁会想到我在北楼上独自空眺,迎着瑟瑟的秋风怀想南朝诗人谢公?

赏析

　　李白有不少诗称赞和怀念谢朓,称谢朓的山水诗清新秀丽,诗意旷达,曾说"恨不携谢朓惊人诗句来"。这首五律前四句写宣城的景色,简练的二十个字,用白描手法勾勒出宣城的秀丽景象。首联直入,在晚山望晴空下的江城如一幅画。颔联写两条绕城的清澈溪水像明镜夹城,远远望去,双桥落在溪水中的倒影,在晚霞的映照下如天空的彩虹落下。后四句念世事沧桑,秋寒时橘柚也将摘尽,肃杀的秋色使梧桐叶显得苍老。二百五十年过去了,有谁知道在北楼上,我在秋风中怀念谢公呢?尾联点明怀念谢朓之题旨,与首联呼应,从登临到怀古,抒发了对先贤的追慕之情。全诗语言清新优美,格调淡雅脱俗,意境苍凉旷远。

　　谢朓楼,又名谢公楼,唐代改名叠嶂楼,为南朝齐诗人谢朓任宣城太守时所建。位于安徽省东南部宣城,坐落在敬亭山南麓万木森森的陵阳峰山,端庄典雅,翘角飞檐,古色古香,是江南的四大名楼之一。

　　谢朓楼原为谢朓视事宣城期间,在陵阳峰上自建的一处房子,时名高斋。史载,谢朓"视事高斋,吟啸自若,而郡亦治"。唐初高斋改建为楼,取名北楼。李白曾多次登此楼揽胜,吟《秋登宣城谢朓北楼》,又有《宣州谢朓楼饯别校书叔云》。由于李白诗广为传诵,遂称"谢朓楼""谢公楼"。慕名而来登楼揽胜者络绎不绝,赋诗题咏者难以计数,史有"独占江山谢朓楼"之称。

登岳阳楼

唐·杜甫

昔闻洞庭水①,今上岳阳楼。

吴楚东南坼②,乾坤日夜浮③。

亲朋无一字④,老病有孤舟⑤。

戎马关山北⑥,凭轩涕泗流⑦。

注释

①洞庭水:洞庭湖,在今湖南省北部、长江南岸,是中国第二大淡水湖。②吴楚东南:吴楚两地在我国东南。坼(chè):裂开。③乾坤:日月。浮:日月星辰和大地昼夜都漂浮在洞庭湖上。④无一字:音信全无。字:这里指书信。⑤老病:杜甫时年五十七岁,身患肺病、风痹,右耳已聋。有孤舟:唯有孤舟一叶飘零无定。⑥戎马:战争。关山北:北方边境。⑦凭轩:靠着窗户。涕泗流:眼泪禁不住地流淌。涕:眼泪。泗(sì):鼻涕。

译文

过去曾经听闻洞庭湖名传天下,今天终于登上岳阳楼一览胜景。洞庭湖水把吴楚两地分割,浩瀚无边;日月星辰在湖水中漂浮,若隐若现。亲朋好友杳无音讯,年老体衰的我乘一叶扁舟四处漂泊。遥望万里关山,战事再起家国难回。凭窗远眺,国难家仇萦绕心间,悲苦交加涕泪横流。

赏析

  这首五律前四句写登楼所见，后四句写登楼所感。首联虚实交错，今昔对照。写早闻洞庭盛名，然而到暮年才实现目睹名湖的愿望，表达了初登岳阳楼的喜悦之情。诗的颔联只用了十个字，就把洞庭湖浩瀚无边的磅礴之势逼真地描绘出来，成为唐诗中描写洞庭湖的经典名句。颈联写孤苦伶仃，年老多病，漂泊天涯的凄苦心情。尾联写眼望国家动荡不安，人民流离失所，展现了诗人忧国忧民，心存天下的博大胸襟。

  本诗前四句写景，后四句抒情。时间上抚今追昔，空间上包吴楚、越关山。其身世之悲，国家之忧，浩浩茫茫，与洞庭水势融合无间，形成沉雄悲壮、博大深远的意境。

  岳阳楼，位于湖南省岳阳市西门城头，下临洞庭湖，与湖北省武汉市黄鹤楼、江西省南昌市滕王阁并称江南三大名楼，为游览胜地。相传岳阳楼始建于公元220年前后，为三国时期东吴大将鲁肃的"阅军楼"，唐玄宗开元四年（公元716年）中书令张九龄贬谪岳州时，在洞庭湖边修楼，正式命名为岳阳楼，文人雅士经过此地多有题咏，蔚为大观。北宋庆历四年（公元1044年），滕子京贬知岳州，第二年重修岳阳楼，邀请范仲淹作《岳阳楼记》，楼以记闻，岳阳楼遂名扬天下。

与夏十二登岳阳楼

聚远楼

宋·苏轼

云山烟水苦难亲①,野草幽花各自春②。

赖有高楼能聚远③,一时收拾与闲人④。

注释

①亲:亲近、接近。②幽:形容很僻静又光线暗的地方。③赖:幸亏。聚:聚集、聚合。④一时:表示时间、时刻、时期等意思,也是佛教用语,此处谓难得的时机或时刻。收拾:整理,指整顿、整理。

译文

山高水远,难得一见,今登高远眺见德兴山水形胜,云蒸霞蔚;又见繁花满地,芳草萋萋,一片春意盎然。命运多舛,我难得有机会登楼揽胜,趁此机会愿将一览无余的万端景致尽收眼底。

赏析

苏轼长子苏迈曾在德兴县任县尉,故苏洵、苏轼、苏辙父子三人皆到德兴视亲游历。这首诗即苏轼来德兴探望儿子期间所作。苏轼一生经历坎坷,感愤不平,牢骚满腹,但始终达观处变,勤敏政事,为百姓做好事。本诗通过写登上聚远楼远眺所见春日胜景,表现了诗人以顺处逆、热爱生活、热爱大自然的豁达乐观情怀。

聚远楼，位于江西省德兴市，坐落在城北学官后的枕山之巅，始建于北宋熙宁二年（公元1069年），由德兴人余仕隆集资兴建。当时德兴县令单锡与苏东坡是同科进士，才华横溢。余仕隆尊单锡才华，请为楼定名，单锡登楼远眺，全城尽收眼底，故取楼名为聚远楼。

北宋元丰七年（公元1084年）苏东坡送长子苏迈到德兴任县尉时，登上聚远楼写下了名垂千古的诗句。南宋建炎元年（公元1127年）宋高宗高度赞赏苏东坡的诗，特赐"聚远楼"金匾，此后名士黄庭坚、马延鸾、赵孟頫等来德兴登楼赋诗，一时闻名遐迩，被世人誉为江南名楼。

登快阁

宋·黄庭坚

痴儿了却公家事①,快阁东西倚晚晴②。

落木千山天远大③,澄江一道月分明④。

朱弦已为佳人绝⑤,青眼聊因美酒横⑥。

万里归船弄长笛⑦,此心吾与白鸥盟⑧。

注释

①痴儿:作者自己。了却:结束。②东西:东边和西边。指环顾整个阁。③落木:落叶。④澄江:赣江。澄:清亮、明澄。⑤朱弦:这里指琴。佳人:美人,引申为知音。⑥青眼:眼眶中间有黑色的眼珠,青眼看人则是指非常喜欢或关注、敬重某个人。⑦弄:演奏。⑧与白鸥盟:无利禄之心,借指归隐。

译文

我忙完了官家公事,趁晚晴登快阁观景。秋月朗照,天高地阔,看远山起伏落木萧萧,赣江如练。世无知音断琴弦,美酒暂且青眼看。愿驾一叶扁舟,吹一支长笛,从此与白鸥为友,和笛声相伴。

主题四 楼阁

113

赏析

　　黄庭坚（1045—1105），字鲁直，号山谷道人、涪翁。洪州分宁（今江西修水）人。历任地方官、教授、秘书丞兼国史编修，为"苏门四学士"之一，与苏轼并称为"苏黄"，被奉为江西诗派创始人。书法为"宋代四大家"之一。

　　这首诗写登快阁所见所感。诗人开篇就流露了此时已厌倦为官之事，"痴儿"是说自己不是当官的材料，"了却"，表明如释重负之感，"倚晚晴"三字，写出了游兴之浓。一、二句叙事，写公事完毕，登阁远眺。三、四句"落木千山天远大，澄江一道月分明"写的是诗人登阁所见。上句远景，下句近景，动静结合、境界开阔。远望起伏连绵的秋山，树叶已落尽了，浩瀚的天空此时也显得更加空旷辽远。澄净如玉的江水在快阁亭下淙淙流向远方，一弯新月，映照在江水中，显得更加空明澄澈。这也是诗人旷达胸襟的真实写照。"朱弦已为佳人绝，青眼聊因美酒横"二句，不但对仗工整，而且巧用典故，前句用伯牙捧琴谢知音的故事，后句用阮籍青白眼之故事表明知音难觅。一个"聊"字，一个"横"字，表达了诗人的孤傲和无奈。结句"万里归船弄长笛，此心吾与白鸥盟"是诗人的联想与想象，也是诗人想要的归宿。希望能坐上归船，伴着悠扬的笛声，回到那遥远的故乡，和白鸥为伴，过上逍遥自在的生活。

　　本诗遣词凝练，用典贴切，构思巧妙，意境旷达，特别是"落木千山天远大，澄江一道月分明"历来被誉为千古传诵的佳句。

　　快阁，位于吉州泰和县（今属江西）东澄江（赣江）的上面，以江山辽远、景物秀美而闻名于世。阁楼始建于唐代乾符元年（公元874年），初为

奉祀西方慈氏（俗称观音大士）之所，名"慈氏阁"。宋初太常博士沈遵任泰和县令期间，因政通人和、百姓安居乐业，常登阁远眺，心旷神怡，遂易名"快阁"。史称："阁曰快，自得之谓也。"我国南方楼台亭阁甚多，但具名气的屈指可数，快阁算得上是全国闻名的古阁楼建筑之一。它以独特的建筑风格、悠久的历史和灿烂的文化遗产而载入《中国名胜词典》。

望海楼

宋·米芾

云间铁瓮近青天①，缥缈飞楼百尺连②。

三峡江声流笔底③，六朝帆影落樽前④。

几番画角催红日⑤，无事沧洲起白烟⑥。

忽忆赏心何处是？　春风秋月两茫然。

注释

①云间铁瓮（wèng）：铁瓮城高入云间。据《丹徒县志》，县城（今江苏镇江）的子城又叫铁瓮城，相传为孙权所建。②缥缈：隐隐约约若有若无之状。飞楼：形容楼高凌空的样子。③三峡江声流笔底：眼前的江景引起我的诗兴，似乎可以听到三峡的江声。④六朝帆影落樽前：面对景色，引起了怀古之情，似乎六朝时的帆影也映落在酒杯之前。六朝：吴、东晋、宋、齐、梁、陈，史称六朝。⑤画角：古代以皮革或竹木制成的管乐器，声音哀厉高亢，多在军中使用，因外加彩绘而得名。形如竹筒，出自西羌。⑥沧洲：滨水的地方，古称隐者所居。此指镇江江边某幽僻之处。白烟：指水汽蒙蒙，远望有如白烟。

译文

铁瓮城高耸入云，与天相接；凌云楼阁云雾缭绕，高耸云霄。想挥笔作诗，那三峡的滔滔江声，好像在耳边回荡；欲举杯饮酒，那六

主题四 楼阁

朝的征帆点影似乎映落我杯中。秋日黄昏里,画角声声催日落;幽静大江边,烟波浩渺雾弥漫。忽然想到最美的景致在哪里呢?那和煦的春风,朗朗的秋日都让我感到茫然。

米芾(1051—1107),字元章,号鹿门居士、襄阳漫士、海岳外史,太原(今属山西)人。北宋书法家、画家,书法与蔡襄、苏轼、黄庭坚合称"宋四家"。有《宝晋英光集》《宝晋长短句》一卷,词存十七首。

这是一首七言律诗,题诗"望海楼"却先不写楼。首联从楼所踞的地域写起,点出了望海楼所在的地理环境。第二句写诗人仰望望海楼,描绘了楼的高峻雄奇。颔联写诗人登楼俯瞰,诗人驰骋想象江声带着三峡的雄巍,帆影映着六朝的繁盛,诗人的见闻感受突出了望海楼的高峻和久远。颈联诗人从三峡与六朝的遐想中回到现实,写画角声声,黄昏景色,红日白烟,色彩鲜明,壮美如画。尾联以"忽忆"领起,流露出低沉伤感的情绪和诗人内心的苦闷。六朝虽在此竞逐繁华,但却如三峡江水流逝,夕阳虽然无限好,在画角声声中已西沉,此情此景,让仕途坎坷的诗人心绪黯然。全诗言简意赅、情景交融。

望海楼,旧址在江苏省镇江市城内,镇江古有"铁瓮城"之称,旧传望海楼是镇江城中最高处。楼有蔡襄题字"望海",后改名为连沧观,今不存。

登太白楼

明·王世贞

昔闻李供奉①,长啸独登楼②。

此地一垂顾,高名百代留③。

白云海色曙④,明月天门秋⑤。

欲觅重来者,潺湲济水流⑥。

注释

①李供奉:李白。②啸:这里指吟咏。③"此地"二句:此楼自经李白一登之后,遂扬名千古。垂顾:光顾,屈尊光临。④曙:黎明色。⑤天门:星名。属室女座。此指天空。⑥潺湲(chán yuán):水缓缓流动貌。

译文

我听说当年飘逸不群的李白曾经在这座楼上吟诗喝酒。李白的光临让此楼声名远播,百代留名。登楼远眺,见曙色朦胧,明月当空白云悠悠;俯览大海,见海天一色,济水潺潺奔流不息。古来高士本难求,像李白那样的天才诗人还会再来登临吗?

赏析

王世贞（1526—1590），字元美，号凤洲，又号弇（yǎn）州山人，太仓（今属江苏）人，明代文学家、史学家。"后七子"首领。

《登太白楼》是一首登临怀古诗，此诗写登太白楼所见所感。首联由太白楼起笔，遥想当年李白长啸登楼的豪放之举。颔联畅想古今，表达了诗人对李白的崇敬之情。颈联回到现实，以壮阔之笔描绘景色。海天一色，明月秋空，颇有李诗风味。尾联以委婉之言，抒发高士难求的情怀。而潺湲流淌阅尽古今的济水，又何尝不为此而叹息呢？全诗融汇古今，感情深挚而蕴藉。

 知识链接

太白楼，又称"太白酒楼"，是唐代贺兰氏经营的酒楼，原址坐落在古任城（今山东济宁州）。此楼是唐代大诗人李白当年客游山东的遗址之一，建在三丈八尺高的城墙上，坐北朝南，十间两层，斗拱飞檐，雄伟壮观，系古楼阁式建筑。

唐代伟大诗人李白于唐玄宗开元二十四年（公元736年）携家人由湖北安陆移家至任城（济宁），居住在酒楼之前，"常在酒楼日与同志荒宴"。唐懿宗咸通二年（公元861年），吴兴人沈光过济宁时为该楼篆书"太白酒楼"匾额，作《李翰林酒楼记》一文，从此"太白酒楼"成名并传颂于后世。明洪武二十四年（公元1391年），济宁左卫指挥使狄崇重建太白楼，以"谪仙"的寓意，依原楼的样式，移迁于南门城楼东城墙之上（就是现今的地址），并将"酒"字去掉，更名为"太白楼"，留传至今。

烟雨楼用韩子祁诗韵

清·乾隆

春云欲泮旋濛濛①,百顷南湖一棹通②。

回望还迷堤柳绿③,到来才辨榭梅红④。

不殊图画倪黄境⑤,真是楼台烟雨中。

欲倩李牟携铁笛,月明度曲水晶宫⑥。

注释

①泮(pàn):本意为冰化开,这里是分开、分解的意思。旋:随即。②百顷:南湖宽广。一棹:动词,使棹。通:通过。③迷:迷恋。④到来:指示地点的转移。⑤倪黄:元代的倪瓒(zàn)、黄公望是宋元山水画的代表。⑥水晶宫:月下的南湖景色。

译文

百顷南湖,春光无限。湖面上烟波浩渺,水天一色。在波光粼粼的湖面上遥望,堤岸绿柳如烟,亭榭梅花争艳。烟雨楼美景如画,画中有诗,超过了倪瓒、黄公望山水画作的意境,果真是"多少楼台烟雨中"。如此美景良辰,若能请李牟来吹笛助兴,那月光下南湖美景胜过水晶宫。

乾隆是清高宗爱新觉罗·弘历的年号，清朝第七个年号。清高宗弘历（1711—1799），清朝第六位皇帝，入关之后的第四位皇帝，在位六十年。年号"乾隆"，寓意"天道昌隆"。他文治武功兼修，是一代有为之君。

　　这是清代乾隆皇帝创作的一首七律，此诗浓墨重彩地盛赞了烟雨楼的美景。乾隆十六年（公元1751年）春天，乾隆第一次南巡来到嘉兴南湖。春天的南湖，烟云缭绕，四周景色，若隐若现，虚无缥缈，恍若仙境。在明镜般百顷南湖上回头遥望，湖滨堤岸上的柳树青青，湖心岛上亭榭旁的梅花红艳。这里的风景如画，如同元代著名画家倪瓒、黄公望两位画家的画作一样，如此良辰美景，若有唐代李牟度曲助兴，那么月光下的烟雨楼就是龙王居住的水晶宫了。乾隆曾六下江南，八登烟雨楼，据说曾赋诗二十余首盛赞烟雨楼。

　　烟雨楼，浙江省嘉兴市南湖湖心岛上的主要建筑，已成为岛上整个园林的泛称，因唐朝诗人杜牧"南朝四百八十寺，多少楼台烟雨中"的诗句而得楼名。烟雨楼始建于五代后晋年间（公元936—947年），是嘉兴的名胜，园内有揽秀园、南湖革命纪念馆等风景区。烟雨楼重檐飞翼，典雅古朴。楼周围亭阁、长廊、假山、花台疏密相间，错落有致。湖中有池，岛中有堤，体现了中国造园的艺术风格。

虹桥千步廊,半在水中央

主题五 古桥

虹桥千步廊，半在水中央

汉代著名文字学家许慎在《说文解字》中说："桥，水梁也；梁，水桥也。"桥和梁都是一种修建在水面上供通行的建筑物。古书《鹖冠子·备知》中云："山无径迹，泽无桥梁，不相往来。"可见，桥梁在人们生活中不可或缺。

桥梁是建筑艺术的瑰宝，泱泱中华，桥梁遍布。或悬浮于江河湖海，势如飞虹；或凌驾于崖谷峭壁，矫若苍龙。中国建桥历史悠久，桥梁造型美观、巧夺天工，是功能性和艺术性的巧妙组合。

内涵丰富的桥梁文化，是中华民族传统文化不可或缺的组成部分。所谓叙离别不离"柳岸灞桥"，久负盛名的灞桥曾引起无数文人的咏叹，灞桥折柳送别的习俗也历代相传。文人墨客笔下的古桥更是千姿百态，风采独具。"水从碧玉环中出，人在苍龙背上行"描摹了赵州桥的鬼斧神工，"三山万户巷盘曲，百桥千街水纵横"道出了南方古桥的参差纵横。"千丈虹桥望入微，天光云影共楼飞"则刻画了苍岩飞桥的奇秀壮观。

虹桥千步廊，半在水中央。古桥，承载着先人们的思想和智慧，它从历史的烟云中缓缓走来，惊艳了岁月，点缀了山河。一座桥，就是一个故事，一段历史……

寄扬州韩绰判官①

唐·杜牧

青山隐隐水迢迢②,秋尽江南草未凋③。
二十四桥明月夜④,玉人何处教吹箫⑤?

注释

①韩绰:事不详,杜牧另有《哭韩绰》诗。判官:观察使、节度使的属官。时韩绰拟任淮南节度使判官。公元833—835年,杜牧曾任淮南节度使掌书记,与韩绰是同僚。②迢迢:江水悠长遥远。一作"遥遥"。③江南:南北朝时,南朝与北朝隔江对峙,因称南朝及其统治下的地区为江南。草未凋(diāo):一作"草木凋"。凋:凋谢。④二十四桥:一说为二十四座桥。北宋沈括《梦溪笔谈·补笔谈》卷三中对每座桥的方位和名称一一做了记载。一说有一座桥名叫二十四桥,因有古二十四美人吹箫于此,故名。⑤玉人:貌美之人。这里是杜牧对韩绰的戏称。教:使、令。

译文

青山苍莽,碧水悠悠;江南秋尽,草木未凋。夜色未央,波光荡漾,冷月无声照耀二十四桥。你这玉人啊,现在何处教人吹箫?

诗画建筑
—— 诗词里的建筑之美

赏析

本诗是杜牧离开扬州怀念昔日同僚韩绰判官而作。此诗着意刻画深秋的扬州美景,绿水青山依然,二十四桥仍旧,借此调侃友人生活的闲逸,表达了作者对过往扬州生活的深情怀念。全诗意境优美,清丽俊爽,情趣盎然。

首句从大处落墨,化出远景:青山逶迤,隐于天际;绿水如带,迢递不断。"隐隐"和"迢迢"这一对叠字,不但画出了山清水秀、绰约多姿的江南风貌,而且隐约暗示着诗人与友人之间山遥水长的空间距离,那抑扬的声调中仿佛还荡漾着诗人思念江南的似水柔情。第二句写江南景色,虽然已过深秋,江南的风光依旧旖旎秀美。诗的后两句以传神的笔调写出诗人脑海中的扬州印象。正由于诗人不堪晚秋的萧条冷落,因而格外眷恋江南的青山绿水,愈发怀念远在热闹繁花之乡的故人。

江南佳景无数,诗人记忆中最美的景象是扬州的二十四桥,更何况二十四桥上还有神仙般的美人可看呢?诗中写道的"玉人"正是诗人牵挂和思念的旧友韩绰。明月下的二十四桥,在波光月影的映衬之下,妩媚动人,而玉人在上面的歌吹声声,将悠扬婉转的笙箫飘散在秋夜中,回荡在青山绿水之间,融化在波心冷月之中……"二十四桥明月夜,玉人何处教吹箫"这一意境优美的诗句,在后世广为传唱,也成为扬州的一张名片,不断被人称引。

二十四桥,扬州名胜,即吴家砖桥。周围山清水秀,风光旖旎,是古时文人欢聚,歌伎吟唱之地。唐代时有二十四歌女,个个姿容媚艳、体态轻盈,曾于月明之夜来此吹箫弄笛,巧遇杜牧,其中一名歌女特地折素花献上,请杜牧赋诗。传说桥因古之二十四美女吹箫于此而得名。

洛桥晚望

唐·孟郊

天津桥下冰初结①,洛阳陌上人行绝②。

榆柳萧疏楼阁闲③,月明直见嵩山雪④。

注释

①天津桥:洛桥,在今河南省洛水西南洛水之上。②陌上:路上。东西走向小路即为"陌"。③萧疏:稀疏,形容树木叶落。④嵩山:位于河南省西部,地处河南省登封市西北面,是五岳中的中岳。

译文

初冬的夜晚,天津桥下的寒冰刚刚冻结;洛桥周边的大道上行人稀少,万籁俱寂。月色下榆柳稀疏,斑驳的树影投射在静谧的楼台亭阁之上;嵩山上白雪皑皑,在皎洁月光的照耀下愈发晶莹。

孟郊(751—814),字东野,湖州武康(今浙江德清)人。孟郊两试进士不第,近五十岁才中进士,曾任溧阳县尉。由于不能舒展抱负,遂放迹林泉间,徘徊赋诗。因其诗作多写世态炎凉、民间苦难,故有"诗囚"之称。又因其诗以苦吟著称,与贾岛并称"郊寒岛瘦"。

本诗是孟郊的一首七言绝句。诗题"洛桥晚望",突出了一个"望"字。本诗句句写所见之景,然而前三句之境界与末句迥然不同。前三句描摹了初冬时节的萧瑟景象:桥下冰结,行人稀少,叶落枝秃的榆柳掩映着静谧的楼台亭阁,悄无人声。一个"闲"字,更显冷寂。末句诗人笔锋一转,"月明直见嵩山雪",此句笔力遒劲气象壮阔,将视线一下延伸到遥远的嵩山,明月和嵩山相映衬,给沉寂的画面增添了无限的生机。

　　这首诗写出了"明月照积雪"的壮丽景象。天空与山峦,月华与雪光,交相辉映,举首灿然夺目,远视银装素裹。诗人在萧疏的洛城冬景中,营造出一个清新淡远的境界。

　　洛桥,又称天津桥,始建于隋大业三年(公元607年),原是一座浮桥,故址在今河南省洛阳市西南。古人把洛水誉为"天汉",即天河(银河),而洛阳就是天帝的居所"紫微宫",天津即天河的渡口,故名"天津桥"。隋末天津桥被李密起义军焚毁;唐初在原址上重建,并改为石桥,仍称天津桥,又称洛阳桥。大唐盛世,阳春时节,这里是贵达士女云集游春的繁华胜地。安史之乱后,已无往日盛况。河南省还有一处名园遗址,即西晋门阀豪富石崇的别庐金谷园,在洛桥北望,约略可见。

洛桥

天津桥春望

唐·雍陶

津桥春水浸红霞，烟柳风丝拂岸斜①。

翠辇不来金殿闭②，宫莺衔出上阳花③。

①风丝：微风。②翠辇（niǎn）：皇帝乘坐的车子，这里借指皇帝。③宫莺（yīng）：泛指宫中所栖之鸟。上阳：上阳宫，唐高宗时建造，在洛阳市皇城西南，洛水天津桥附近，高宗常居此听政。

天津桥下春水融融，天上云霞斑斓，水中倒影荡漾。堤岸杨柳如烟，风中柳枝婀娜。宫殿重门紧闭，皇帝杳不可见。上阳宫里寂寥无声，偶尔可见衔着片片残花的鸟儿飞越宫墙。

赏析

雍陶，字国钧，成都人，晚唐诗人。工于辞赋，其诗多旅游题咏、送别寄赠之作，擅长律诗和七绝。

晚唐王朝国势日衰，社会危机日益严重。诗人来到天津桥畔，目睹宫阙残破的景象，抚今思昔感慨万千，便挥笔写下了这首七绝。

这首诗通篇写景，却蕴藏着作者吊古伤今的沉郁感情。诗的一、二两句描绘出一幅天津桥春日图，明媚绮丽引人入胜；然而山河依旧，物是人非。三、四句转写金殿闭锁、宫苑寂寥，前后映衬对照鲜明。在这种强烈的对比中，很自然地让人感受到自然界的春天岁岁更迭，而大唐帝国的盛世却一去不复返了，以乐景写哀"倍增其哀"。

全诗处处切合一"望"字。"金殿闭"是诗人"望"中所见，但苑内的凄凉之状，毕竟是"望"不到的。第四句以宫莺不堪寂寞，飞出墙外寻觅春光，从侧面烘托出上阳宫里凄凉冷落的景象。这一细节也是诗人"望"中所见，落笔自然，曲折地表达了作者难以诉说的深沉感叹，含而不露、淡而有韵，堪称全诗中的精彩之笔。

天津桥，又称洛桥，简称津桥，是横跨洛水的一座浮桥，在今河南省洛阳市旧城西南。用铁索连接大船，南北夹路而起四楼，是洛阳名胜之一。天津桥一带，高楼四起垂柳成荫，景色优美。唐朝前中期帝王为了享乐，皆频幸东都。安史之乱后已无往日盛况，金代废圮。

枫桥夜泊

唐·张继

月落乌啼霜满天①，江枫渔火对愁眠②。

姑苏城外寒山寺③，夜半钟声到客船④。

注释

①乌啼：乌鸦啼鸣。霜满天：是空气极冷的形象语。②江枫：江岸水边的枫树。渔火：渔家船上的灯火。③姑苏：苏州的别称，因城西南有姑苏山而得名。寒山寺：在今江苏省苏州市西枫桥镇。④夜半钟声：唐代寺庙有半夜敲钟的习惯。

译文

秋深月落寒鸦悲鸣，霜华满天四野茫茫。岸边枫树依稀可辨，江中渔火星星点点。泊船枫桥旅愁索怀，半夜时分倚枕难眠。姑苏城外古刹寂寥，钟声杳杳飘至客船。

赏析

张继，字懿孙，襄州（治今湖北襄阳）人，唐代诗人。其诗不事雕琢，比兴幽深，对后世颇有影响。

《枫桥夜泊》是唐诗中著名的七言绝句。唐朝安史之乱后，张继途经寒山寺时写下这首羁旅诗。诗从月夜江边景写起，然后追叙一夜无眠的愁苦。首句择取三种典型的秋晓意象，为全诗抒写羁旅之愁渲染了寥落幽寂的气氛，次句直抒昨夜泊舟枫桥的无眠愁思。"江枫"让人联想起"湛湛江水兮上有枫，目极千里兮伤春心"（《楚辞·招魂》）、"青枫浦上不胜愁"（张若虚《春江花月夜》）等诗句，更添伤感色彩。江枫渔火、霜天寒夜、孤舟客子等意象构成了一幅枫桥夜泊图，画面中飘传着缕缕愁情。第三句宕开一笔"姑苏城外寒山寺"，以地名入诗使得"夜半钟声"有了它独到的意境。结句是全诗的神来之笔。夜半本极寂寥静谧，猛然间，深沉的钟声铿然而起，飘传到愁思难眠的客子耳际，萦绕在客子心头，使客子种种难以言说的羁旅愁情，随着这超然钟声飘散在寂寥的夜空。

全诗短短四句，却有景有情，有声有色，充分表现出游子心中皆有而笔下难有的羁旅情思。

枫桥，旧称封桥。位于江苏省苏州市西北七里小镇枫桥镇，横跨于运河支流之上。枫桥是江南一座普通的月牙形单孔石拱桥，长 39.6 米，高 7 米，宽 4.2 米，跨径 10 米。始建年代不详，据推断，距今已有 1200 多年的历史。明崇祯末年、清乾隆三十五年都曾修缮过，现存的枫桥为清同治六年（公元 1867 年）重建。据史料记载，古时这里是水陆交通要道，设护粮卡，每当漕粮北运经此就封锁河道，故名为封桥。

枫桥再泊

卢沟桥送别

金·赵秉文

河分桥柱如瓜蔓,路入都门似犬牙①。

落日卢沟桥上柳,送人几度出京华②。

注释

①犬牙:桥面坑洼不平如犬牙般参差不齐。②度:次。

译文

卢沟桥柱如串串的瓜蔓,多年碾压的桥面如犬牙般坑洼不平。落日余晖下,桥边柳枝飘拂,想到多次在此处送别朋友,不禁黯然神伤。

赏析

赵秉文(1159—1232),字周臣,号闲闲居士,晚号闲闲老人,磁州滏阳(今河北磁县)人。金代著名学者、书法家。能诗文,诗歌多写自然景物。这首七言绝句前两句写景,描摹了卢沟古桥的状貌,后两句借写桥边柳树表达了依依惜别之情。

主题五 古桥

卢沟桥，亦称芦沟桥，在北京市西南约15千米处，丰台区永定河上。因横跨卢沟河（即永定河）而得名，是北京市现存最古老的石造联拱桥。《马可·波罗行纪》一书，对这座桥有详细的记载，称赞"它是世界上最好的，独一无二的桥"。桥全长266.5米，宽7.5米，下分11个涵孔。桥身两侧石雕护栏各有望柱140根，柱头上均雕有伏卧的大小石狮共501个，神态各异，栩栩如生。民间有句歇后语说"卢沟桥的石狮子——数不清"。

五云桥

宋·陆游

若耶北与镜湖通,缥缈飞桥跨半空①。

陵谷双迁谁复识②?我来徙倚暮烟中③。

 注释

①缥缈:隐隐约约、若有若无的样子。②迁:变化、变迁。③徙:徒然、白白地。倚:徘徊。

译文

若耶溪北面与镜湖相连通,五云桥仿佛凌空的飞桥横架在半空中。山陵深谷历经沧桑变化,还有谁能辨识呢?我只能徒然徘徊在日暮的烟霭中。

 赏 析

陆游(1125—1210),字务观,号放翁,越州山阴(今浙江绍兴)人,南宋著名诗人。《五云桥》是宋朝诗人陆游的一首七言绝句。第一句点出了五云桥的地理位置;第二句写石桥的造型优美状如飞虹,"缥缈飞桥跨半空"是描绘石桥的千古佳句;最后两句借描写山陵谷地的变化抒发了人事变迁的感慨。

　　五云桥,位于浙江省绍兴市云门寺周围。云门寺坐落于浙江省绍兴市城南一个狭长山谷里,是一座林泉秀美、历史悠久的千年古刹,这里曾经是陆游早年读书之处,史称"云门草堂",陆游一生所存九千多首诗至少写到三十多座桥,其中有百余首桥诗。

安济桥

清·饶梦铭

谁到桥头问李春,仙驴仙迹幻成真。

长虹应卷涛声急,似向残碑说故人②。

注释

①仙驴仙迹:源于一个神话传说。相传鲁班一夜成桥,惊动了张果老,他不相信鲁班有如此本领,便约上柴王爷一探究竟。张果老施用法术聚来了太阳和月亮,放在驴背上的褡裢里。柴王爷也施用法术,聚来五岳名山,装在车上。两人一前一后推车赶驴上桥。行至桥顶,桥身开始剧烈晃动,鲁班大吃一惊,飞身桥下,举手托稳桥身。桥拱腹留下了鲁班深深的手掌印,而桥面上也清晰地留下了驴蹄印、车轮印和柴王爷的膝盖印。这就是留在赵州桥上的"仙迹"。②残碑:残缺的碑石。

译文

来到洨河安济桥上,叩问隋代造桥匠师李春,是如何把传说中张果老倒骑毛驴的"仙驴仙迹"烙印在赵州桥上的。湍急的河水在长虹般的桥下流过,似乎在向青石残碑诉说着古人的故事与传奇。

饶梦铭,清朝诗人。这首七言绝句通俗易懂,前两句融入了张果老倒

骑驴过桥留下"仙驴仙迹"的神话传说,感慨此桥建造犹如鬼斧神工。后两句赞美了赵州桥宛若长虹般的拱券造型,历经沧海桑田,但古桥仍在,河水不息;屡遭风剥雨蚀,但碑刻犹存,旧迹仍在。诗歌后两句含蓄地表达了对世事沧桑的感慨。

安济桥,又称赵州桥,坐落在河北省赵县洨河上。由著名匠师李春设计和建造,距今已有1400多年的历史,是当今世界上现存最早、保存最完善的古代敞肩拱桥。它开创了中国桥梁建筑的崭新局面。"安济"系北宋哲宗皇帝赵煦于元祐年间到此巡视,见石桥贯通南北便利交通,取其"利贯金石,通济利涉,安全渡过,万民以福"之意而赐名的。

这座桥自建成至今,经历了8次以上地震的影响、8次以上战争的考验;承受了无数次人畜车辆的重压,饱受无数次风霜刀剑、冰雪雨水的冲蚀,却雄姿不减当年,仍巍然屹立在洨河上,堪称中国建筑史上的奇迹之一。

红桥绝句

清·王士禛

舟入红桥路①,垂杨面面风。

销魂一曲水,终古傍隋宫②。

注释

①红桥:后改为虹桥。②隋宫:隋炀帝在扬州修的宫殿。

译文

舟入红桥,见碧柳拂岸蓬蓬如烟,风物繁茂四面皆景。垂柳依然,碧水还在,只有它们终日伴着隋宫的遗址,此情此景令人黯然。

赏析

王士禛(1634—1711),字子真,一字贻上,号阮亭,又号渔洋山人,新城(今山东桓台)人,清初杰出的诗人。创作上洒脱自然,意蕴清悠,尤以绝句为擅长;律诗及古体诗中亦有一些气势雄放之作。

这首五言绝句既是记游也是吊古,诗人在山水记游中表现出对历史的观照。前两句写景,勾画红桥一带的秀丽景色。后两句吊古,"销魂"二字将美妙春景染上了一层伤感的色彩,尾句诗意为之一转,进而慨叹隋朝的覆灭。

主题五 古桥

  红桥，扬州北门外有一道曲折的溪流，人称"小秦淮"，折向北之后，便汇入开阔的瘦西湖，红桥便在这两水相交之处。因最早是红色栏杆的木桥而得名，乾隆年间改建为石桥，因桥身成拱形，高跨碧波之上，如彩虹在天，人们又称其为虹桥。

湘桥春涨

清·郑兰枝

湘桥春晓水迢迢①,十八梭船锁画桥②。

激石雪飞梁上鹭,惊涛声彻海门潮③。

鸦洲涨起翻桃浪,鳄渚烟深濯柳条④。

一带长虹三月好,浮槎几拟到层霄⑤。

注释

①迢迢:形容遥远,也作"迢递"。②锁:指用锁锁住。③彻:穿透、穿过。这两句描写了江涛如飞雪,惊涛穿透海涛万里。④鳄:鳄台,广东省潮州市湘桥区北郊韩江北堤中段。渚(zhǔ):水中的小洲。濯(zhuó):洗涤。⑤浮槎(chá):古代传说中来往于海上和天河之间的木筏。

译文

暮春三月春江水涨,流水迢迢悠悠远去。湘桥十八梭船与桥墩连成一线,壮美如画。巨浪翻飞澎湃如飞雪,滔滔潮水拍打着桥墩,声传万里。浪花飞溅如烟似雾,荡涤着洲岸柳枝。远望湘桥,似长虹卧波;遥看轻舟,随波飞驰如入霄汉。

主题五 古桥

郑兰枝,潮州府海阳县淇园乡人,清朝嘉庆十六年(公元1811年)辛未科岁贡,其著作有《潮州八景诗》。

这首诗是郑兰枝《潮州八景诗》之一。诗人郑兰枝将"湘桥春涨"的景致描写的精彩绝伦:暮春三月桃花水汛,韩江水涨河面增阔,湘子桥十八梭船的涨落随着潮水的浮沉而升降,东西与桥墩连成一线,恰似长龙卧波。展望江面小船随波飞驰,翠峰如簇景色迷人。此景为著名的"潮州旧八景"之一。

湘桥,又称广济桥,是世界上最早的一座开关活动式大石桥。桥上有望楼,为中国桥梁史上所仅有,是古代桥梁建筑的杰作。湘桥位于潮州城东门外,横跨韩江,东临笔架山,西接东门闹市,南眺凤凰洲,北仰金城山,景色壮丽迷人,是古代闽粤交通要道。民谣唱曰:"到广不到潮,枉费走一遭;到潮不到桥,白白走一场。"广济桥风格独特,与河北赵州桥、泉州洛阳桥、北京卢沟桥(亦作芦沟桥)并称为中国四大古桥。

八月六日过灞桥口占

清·樊增祥

残柳黄于陌上尘,秋来长是翠眉颦①。

一弯月更黄于柳,愁煞桥南系马人。

①颦(pín):皱眉。这里比喻陌上残柳。

灞桥路上尘土飞扬,桥边秋柳一片枯黄,柳叶细长如女子翠眉微蹙。新月初升,月色更显苍茫;傍柳系马投宿人家,愁情满怀何日归家。

赏析

樊增祥(1846—1931),字嘉父,号云门、樊山,晚号天琴老人。诗多达万余首,传诵至今的就只有这一首《八月六日过灞桥口占》,此诗实载于《樊山集》卷十中。时樊山游宦关中,"易地者四,劳形案牍,掌笔幕府,身先群吏,并用五官。"(《樊山诗集自序》)不得意,过灞桥作此诗。

首句"残柳"二字点明柳已凋枯,比陌上的飞尘还要黄。灞桥两岸道路绵长,车马交驰,尘土飞扬。尘土之色与残柳之色混为一体,无法分辨。一"黄"字,已含无限凄婉之意。次句更进一层,陌上秋柳那离枝的残叶，恰像女子长颦的翠眉。"翠眉颦"三字，点明本诗是一首怀人诗。以柳叶喻眉，亦前人常语，但与黄尘连说，便觉黯然销魂。第三句笔锋一转，出人意料。新月如眉，残柳如眉，离人的双眉，不也像这新月，像这秋柳一样长颦不展吗？久客思家的失意宦游人，见陌尘、残柳、新月自然而然心生愁情。此诗虽为作者"口占"，但情景交融意境独特，近人对之评价甚高。

灞桥，在今陕西省西安市长安区东，桥横灞水之上。《三辅黄图》载："汉人送客至此桥，折柳赠别。"《开元天宝遗事》又载："长安东灞陵有桥，来迎去送皆至此桥，为离别之地，故人呼之销魂桥也。"自汉代开始，东出函、潼，必自灞陵始。灞水沿岸遍种柳树，自汉及唐，在灞桥边折柳赠别已成风习。

曲径通幽处，禅房花木深

主题六 古刹

曲径通幽处，禅房花木深

深山藏古刹，密林掩殿宇。古刹，即年代久远的寺庙，多建于名山幽林，与自然融为一体，体现了天人合一。中国的寺院建筑融合了中国官殿建筑的美学特征，建筑格局优美独特，庙堂气氛典雅庄重，是一种独具魅力的文化景观，更是人类历史的瑰宝。河南洛阳的白马寺是中国佛教的"祖庭"和"释源"，也是中国第一古刹。

"南朝四百八十寺，多少楼台烟雨中"，唐代杜牧的《江南春》道出了古代寺庙之多。密林空山，寂寂古刹；晨钟暮鼓，禅意悠悠。迁客骚人，流连其中，游赏参禅，挥毫泼墨，古刹因此得以千古流传。王维的"不知香积寺，数里入云峰"使香积寺流传千古；唐代诗人张继的诗句"姑苏城外寒山寺，夜半钟声到客船"，让寒山寺名扬天下；"不识庐山真面目，只缘身在此山中"，苏轼的诗歌《题西林壁》则让庐山的西林寺广为人知。

曲径通幽处，禅房花木深。一山一寺一世界，徜徉于历史诗词画卷，品悟千年古刹余韵。

题破山寺后禅院

唐·常建

清晨入古寺①，初日照高林②。

竹径通幽处③，禅房花木深④。

山光悦鸟性⑤，潭影空人心⑥。

万籁此俱寂⑦，但馀钟磬音⑧。

注释

①清晨：早晨。入：进入。古寺：破山寺。②初日：早上的太阳。照：照耀。高林：高树之林。③竹径：一作"曲径"。幽：幽静。④禅房：僧人居住修行的地方。⑤悦：此处为使动用法，使……高兴。⑥潭影：清澈潭水中的倒影。空：此处为使动用法，使……空。此句意思是，潭水空明清澈，临潭照影，令人俗念全消。⑦万籁（lài）：各种声音。籁：从孔穴里发出的声音，泛指声音。此：在此，即在后禅院。俱：一作"都"。⑧但馀：只留下。钟磬（qìng）：佛寺中召集众僧的打击乐器。

译文

清晨闲步入破山古寺，旭日初升照耀着参天树木。穿过幽深曲折的竹径，来到竹林掩映的禅房。禅林圣地山光明媚，飞鸟怡然自乐；潭水清冽云影徘徊，内心空明澄澈。此时此刻万物静寂无声，只有悠扬的钟磬声在耳际回荡。

诗画建筑
——诗词里的建筑之美

赏析

　　常建，唐代诗人，开元进士，与王昌龄同榜。其诗多为五言，常以山林寺观为题材。其诗意境清迥，语言洗练自然，艺术上有独特造诣。

　　《题破山寺后禅院》是一首五言律诗，可谓唐代山水诗中独具一格的名篇，这首题壁诗题咏的是佛寺禅院，抒发的是作者忘却世俗、寄情山水的隐逸胸怀。

　　诗人在清晨登破山入兴福寺，旭日初升光照山林。佛家称僧徒聚集的处所为"丛林"，所以"高林"兼有称颂禅院之意，在光照山林的景象中显露着礼赞佛宇之情。然后，诗人穿过寺中竹丛小路，走到幽深的后院，发现唱经礼佛的禅房就在后院花丛树林深处。幽静美妙的环境使诗人陶醉。他举目望见寺后的青山焕发着日照的光彩，看见鸟儿自由自在地飞鸣欢唱；走到清清的水潭旁，只见天地和自己的身影在水中湛然空明，心中的尘世杂念顿时涤除。此刻此景此情，诗人仿佛领悟到了空门禅说的奥妙，摆脱了尘世一切烦恼，像鸟儿那样自由自在无忧无虑。只有钟磬之音，这悠扬而洪亮的佛音引导人们进入纯净怡悦的境界。诗人欣赏这禅院幽美绝世的居处，领略这空门忘情尘俗的意境，是为了寄托自己遁世无门的情怀。这首诗借题咏禅院而抒发隐逸情趣，从晨游山寺起以赞美超脱作结，写景抒情意在言外，堪称唐诗中的千古名篇。

　　破山寺，位于今江苏省常熟市虞山北麓破龙涧畔。据历代邑志载，始建于南朝齐，由邑人郴州刺史倪德光舍宅为寺，初名"大悲寺"。在南朝梁大同五年（公元539年）大修并扩建，改名"福寿寺"，因寺在破龙涧旁，故又称"破山寺"。唐咸通九年（公元868年）懿宗御赐"兴福禅寺"额，兴福寺成为江南名刹之一。清乾隆三十七年（公元1772年）建亭勒石，立碑在兴福寺内，至今仍完整无损。

遗爱寺

唐·白居易

弄石临溪坐①，寻花绕寺行。

时时闻鸟语②，处处是泉声。

 注释

①弄：在手里玩。②鸟语：鸟鸣声。

译文

坐在溪水边赏玩着形状各异的溪石，沁人花香吸引着我绕寺漫步寻花。时时耳闻鸟语声声，处处聆听泉声淙淙。

 赏析

白居易（772—846），字乐天，号香山居士，又号醉吟先生，是唐代伟大的现实主义诗人。在文学上，主张"文章合为时而著，歌诗合为事而作"，是新乐府运动的倡导者，和元稹并称"元白"。其诗语言通俗，和刘禹锡并称"刘白"，有《白氏长庆集》。

《遗爱寺》是一首五言绝句。"弄石临溪坐，寻花绕寺行"这两句是说诗人在小溪边玩赏那些奇形怪状的溪石，微风吹来花香扑鼻沁人心脾。诗人四处张望却不知花在何处，于是诗人绕寺而行，一路上漫步寻花，"时时闻鸟语，处处是泉声"，两句写寺里山光水色无限美好，小鸟的啾啾声十分动听,溪水汩汩流淌不绝于耳。这一切让诗人感到心旷神怡。诗人将石、溪、花、鸟、泉等多种自然景物有机地组合在一起,描绘了一幅清新秀丽、生机勃勃的图画,勾勒出遗爱寺令人神往的风景,又通过"弄""寻""行"等细致的动作描写,表达了诗人对大自然的无限热爱之情。

遗爱寺,位于庐山香炉峰下。白居易《庐山草堂记》一文有记载:"匡庐奇秀,甲天下山。山北峰曰香炉峰,北寺曰遗爱寺。介峰寺间,其境胜绝,又甲庐山。"

过香积寺[1]

唐·王维

不知香积寺,数里入云峰[2]。

古木无人径,深山何处钟[3]。

泉声咽危石[4],日色冷青松。

薄暮空潭曲[5],安禅制毒龙[6]。

注释

[1]过:过访、探望。[2]入云峰:登上入云的高峰。[3]钟:寺庙的钟鸣声。[4]咽:呜咽。危:高的、陡的。危石:意为高耸的崖石。[5]薄暮:黄昏。曲:水边。[6]安禅:佛家术语,指身心安然进入清寂宁静的境界。毒龙:比喻世俗人的欲望。

译文

在茫茫山林中寻访宝刹古寺,远行数里香积寺仍渺无踪迹。荒芜人烟的山路上林立着参天古木,深山密林中回荡着悦耳钟声。山泉从崖石中穿过,水声呜咽;夕阳映照着松林,日色凄冷。黄昏时分来到香积寺,内心变得如潭水般澄澈空明。

主题六 古刹

赏析

《过香积寺》是王维的代表作之一。王维晚年诗笔常带有一种恬淡宁静的气氛，在本诗中，他以沉湎于佛学的恬静心境，描绘出山林古寺的幽邃环境，营造了一种清高幽僻的意境。王国维谓"不知一切景语皆情语也"。这首诗的前六句，句句写景，然无一处不透露出诗人的心境，王维把"晚年惟好静"的情趣完全融注到所描写的景物中了。尾句"安禅制毒龙"，便是诗人心迹的自然流露。全诗写寺却不言寺，尽写寺外幽深空寂的景致。本诗构思精巧，诗中藏画、诗中藏禅，不失为古今传诵的山水名篇。

香积寺，中国佛教净土宗祖庭，位于陕西省西安市西南约十七千米的神禾原西首、长安区郭杜镇香积寺村，南临滈水，西傍潏水。据说因当年建寺于隋代香积堰东北而得名，同时也源于佛经"天竺有众香之国，佛名香积"之句。历经沧桑和千年风雨的香积寺，古塔巍峨，寺院清幽，雕梁画栋，流丹异彩，法相庄严，引得国内外游人、居士、高僧大德顶礼膜拜。

武侯庙

唐·杜甫

遗庙丹青落①，空山草木长②。

犹闻辞后主③，不复卧南阳④。

注释

①丹青落：庙中壁画已脱落。丹青指庙中壁画。②草木长：草木茂长。两句写庙景，言武侯去世时间之久远。③辞后主：蜀后主刘禅建兴五年，诸葛亮上《出师表》，辞别后主，率兵伐魏。④南阳：诸葛亮本以布衣躬耕于南阳（今河南南阳），因刘备三顾之于草庐中，遂佐备建立蜀汉，与魏、吴成鼎足之势。

译文

武侯庙孔明先生的画像早已斑驳脱落，空山苍茫野草遍地，周围一片空寂。诸葛亮辞别后主的声音似清晰可闻，可他壮志未酬，病死沙场，再也无法回到故地南阳。

赏析

《武侯庙》是一首五言绝句，作于唐代宗大历元年（公元766年），当时杜甫正流寓夔州，因瞻拜武侯庙有感而作此诗以悼念诸葛亮。"遗庙丹青落，空山草木长"这两句写诗人瞻仰武侯庙所看到的一片萧条破败的景象。上句写庙，从"遗"字和"落"字可知，前来祭拜的人寥寥无几。想当年诸葛亮为蜀汉的创建和巩固，倾注了毕生的心血，而诸葛亮的遗庙竟是这般荒凉，由此诗人顿生感慨。下句写诗人站在武侯庙放眼四望，周遭环境也是如此的空寂。"空山"指白帝山。诗人用一个"空"字，说明人迹稀少；一个"长"字，说明草木茂盛，反衬出武侯庙位于一片荒山野草之中，令人感伤！"犹闻辞后主，不复卧南阳"这两句由武侯庙写到诸葛亮为报答刘备三顾之情，将一生献给了蜀汉，表达了诗人对诸葛亮的赞叹之情和无法功成身退返故乡的惋惜之情。这首诗虚实相生，融情于景，可以说是情景交融的代表作，具有很高的艺术价值。

　　武侯庙，祭祀诸葛亮的庙。武侯指诸葛亮，诸葛亮于后主建兴元年（公元223年）被封为武乡侯，世称武侯。其庙有多处，襄阳、成都、南阳、夔州等地都有武侯庙。这里指夔州武侯庙，在今重庆市奉节县白帝城西。

苏武庙

唐·温庭筠

苏武魂销汉使前①,古祠高树两茫然。

云边雁断胡天月②,陇上羊归塞草烟③。

回日楼台非甲帐④,去时冠剑是丁年⑤。

茂陵不见封侯印⑥,空向秋波哭逝川⑦。

注释

①苏武:汉武帝时出使匈奴被扣多年,坚贞不屈,汉昭帝时始被迎归。②雁断:指苏武被羁留匈奴后与汉廷音信隔绝。胡:匈奴。③陇:陇关,这里以陇关之外喻匈奴地。④甲帐:据《汉武故事》记载:武帝"以琉璃、珠玉、明月、夜光错杂天下珍宝为甲帐,其次为乙帐。甲以居神,乙以自居"。"非甲帐"意指汉武帝已死。⑤冠剑:出使时的装束。丁年:壮年,唐朝规定21~59岁为丁。⑥茂陵:汉武帝陵。封侯:苏武持节归来,汉宣帝赐他爵关内侯,食邑三百户。⑦逝川:喻逝去的时间。

译文

初遇汉使,苏武感慨万千心情黯然;如今庙宇古树参天、肃穆庄严。月色苍茫,胡天北地鸿雁南飞;手执汉节驱羊归塞,见衰草连天。戴冠佩剑奉命出使,正值壮年;归汉回朝物是人非,楼台依然。赐爵封侯武帝长眠,君臣难见;缅怀先帝空对秋水,哀叹华年。

赏析

温庭筠（？—866），原名岐，字飞卿，晚唐时期诗人和词人。富有天赋，文思敏捷，但屡试进士不第。每入试，押官韵，八叉手而成八韵，有"温八叉"之称。诗和李商隐齐名，并称"温李"。其词注重文采和声情，被尊为"花间词派"之鼻祖。

《苏武庙》是一首七律咏史诗，苏武十九载牧羊北海，节旄落尽，餐毡饮雪，历尽艰辛但忠节未改。温庭筠此诗正是凭吊苏武庙时所作，本诗赞颂了苏武高尚的民族气节，寄托着作者的爱国情怀。

首联既点明苏武又点明庙宇。诗人选取了一个特定的场景，想象苏武见到汉使的时刻，异域十九载辛苦备尝，"魂销"二字，将苏武心中的喜、怒、哀、乐全都概括了出来，悲欣交集感慨万千，种种心绪一时奔集。由人及庙自然得体，古祠高树千载苍茫。颔联再现苏武牧羊凄凉冷落的生活，情景互现浑然一体。颈联写持节绝域十九载，归来之时，武帝已逝，虽然楼台依旧，但已不是当年风光，此中大有物是人非之感。尾联写苏武归来时对武帝的追悼，茂陵草长，已不复见持节归来的苏武，园庙一拜痛哭亦是难免。结尾归于故君之思，完整地展现了苏武的形象。

这首诗凭吊古迹感慨先贤，塑造了一位"白发丹心"忠贞不贰的汉臣形象。在晚唐颓败的环境中，此诗更显得挺拔有力，寓意深刻。

苏武庙，位于甘肃省武威市民勤县苏武乡苏山村，始建年代无考。据《镇番县志》记载，原苏武庙建于明成祖永乐七年，由镇抚司李名募资兴建，立"苏武山铭"。崇祯年间，又有县人杨大烈、刘道揆等募资整修，并在庙前立"中郎将苏武牧羝处"石碑。后屡经修葺，庙宇巍峨，成为当地人文景观的重要组成部分。

游玄都观

唐·刘禹锡

紫陌红尘拂面来①,无人不道看花回②。

玄都观里桃千树,尽是刘郎去后栽③。

注释

①紫陌:京城长安的道路。陌:本是田间小路,这里借用为道路之意。红尘:尘埃,人马往来扬起的尘土。拂面:迎面、扑面。②道:说。③刘郎:作者自指。

译文

京城道路上熙熙攘攘,车马经行处,尘土飞扬。玄都观里草木葱茏,桃花竞艳;赏花者乘兴而来,尽兴而归。时光如流,岁月不居,玄都观里千树万树的桃花都是我离开长安时栽种的。

赏析

刘禹锡(772—842),字梦得,洛阳(今属河南)人,自称"家本荥上,籍占洛阳",自言系出中山(今河北定州)。唐朝文学家、哲学家,有"诗豪"之称。其诗文俱佳,与柳宗元并称"刘柳";与韦应物、白居易合称"三杰",并与白居易合称"刘白"。其诗通俗清新,善用比兴手法寄托政治内容,有《刘梦得文集》。

主题六 古刹

《游玄都观》是一首七言绝句,这首诗表面上描写人们去玄都观看桃花的情景,主旨却是讽刺当朝权贵。前两句是写看花的盛况,诗人先从描绘京城的道路着笔。路上草木葱茏尘土飞扬,大道上人马喧闹川流不息。写看花,不写去而只写回,并以"无人不道"四字来形容人们看花归途中的愉快心情和满足神态,则桃花之繁荣美好,不用直接赞以一词了。后两句由物及人,玄都观里这些如此吸引人的众多的桃花,十年前在长安的时候根本还没有。离开京城十年,后栽的桃树都长大开花。真是"树犹如此,人何以堪"。

此诗其实另有寄托,诗人将千树桃花比作十年以来由于投机取巧在政治上越来越得意的新贵,而看花的人则是那些趋炎附势、攀高结贵之徒。他们为了富贵利禄奔走权门,就如同在紫陌红尘之中,赶着热闹去看桃花一样。这首诗通过描写人们去玄都观看花的情景,含蓄地讽刺了当时掌管朝廷大权的新官僚,此篇诗语讥忿,触怒当权者,作者因此又遭贬逐。

玄都观,始建于后周时期的汉长安故城内,名为通道观。隋文帝以乾卦爻辞规划大兴城池,为了镇住位于第五道高坡的九五贵位,迁建于大兴城崇业坊内,改名为玄都观,隔朱雀大街与兴善寺相对。玄都观是唐朝著名的道观,其园林景观以遍植桃花而声名远播。

再游玄都观

灵隐寺

唐·宋之问

鹫岭郁岧峣①，龙宫锁寂寥②。

楼观沧海日，门对浙江潮③。

桂子月中落④，天香云外飘。

扪萝登塔远⑤，刳木取泉遥⑥。

霜薄花更发⑦，冰轻叶未凋⑧。

夙龄尚遐异⑨，搜对涤烦嚣⑩。

待入天台路，看余度石桥⑪。

注释

①鹫（jiù）岭：原指印度灵鹫山，此借指灵隐的飞来峰。岧峣（tiáo yáo）：山高而陡峻的样子。②龙宫：泛指灵隐寺中的殿宇。③浙江潮：杭州的钱塘江又称浙江，故而浙江潮就是钱塘江潮。④桂子：桂花。⑤扪（mén）：持、执，这里是抓住的意思。登塔远：攀登远处的古塔。⑥刳（kū）：剖开。取泉遥：到远处去取水。⑦更发：（开得）更加旺盛。⑧凋：凋落。⑨夙（sù）龄：年轻的时候。尚：喜欢。遐：远。异：奇异的美景胜地。⑩搜：寻求。涤：洗涤。烦嚣：尘世间的烦恼和喧嚣。⑪石桥：天台著名的风景石梁飞瀑。

主题六 古刹

译文

飞来峰巍峨高峻，灵隐寺清静肃穆。从阁楼上远眺壮美日出，倚寺门饱览钱塘大潮。金秋时节有桂子飘落寺里，寺庙佛香从人间飘至天宫。不辞辛苦攀援藤萝登古塔，跋山涉水剖空树木盛甘泉。山花迎薄霜盛开，树叶逢细冰未凋。年轻时爱赏山水名胜，借此消除心中烦恼和尘世喧嚣。还想到天台山石桥去欣赏那石梁飞瀑的奇观。

宋之问（约656—约713），一名少连，字延清，汾州西河（今山西汾阳）人，一说虢州弘农（今河南灵宝）人。诗与沈佺期齐名，多歌功颂德之作，文辞华靡。

《灵隐寺》是一首五言古诗，诗人描写了秋天登灵隐寺所见幽美清秀的景色，表现出强烈的寻胜猎奇的人生志趣。整首诗按照诗人游览的路线展开描写，从飞来峰入手，写到灵隐寺和所见到的景色，最后写到诗人的感想和打算，思路清晰顺畅，语言凝练自然，"夙龄尚遐异，搜对涤烦嚣。待入天台路，看余度石桥"四句诗流露出诗人出世归隐的意向。全诗意境开阔构思奇妙，景色描写清丽淡远，体现了唐代山水诗的特色。

灵隐寺，又名"云林禅寺"，始建于东晋咸和元年（公元326年），是杭州最早的名刹，至今有一千七百年的历史。坐落于浙江省杭州市西湖以西的灵隐山麓，背靠北高峰，面朝飞来峰，两峰夹峙，林木耸秀，云烟万状，是我国佛教禅宗十刹之一。

题木兰庙

唐·杜牧

弯弓征战作男儿①,梦里曾经与画眉②。

几度思归还把酒,拂云堆上祝明妃③。

①弯弓征战:木兰代父征戍,勇敢善战。②"梦里"句:木兰虽着戎装,仍思恢复和平环境下的少女生活。③拂云堆:古地名,在黄河北岸,今内蒙古乌喇特西北。此处有神祠,突厥入侵中原,必先至神祠祭酹求福。明妃:王昭君。汉元帝时和番的宫人王嫱,字昭君。晋朝时为避司马昭讳,又称为"明君",故后世称为"明妃"。

木兰乔装男儿,一身戎装征战沙场;梦中回到家乡对镜梳妆。多次想家思亲,几度借酒浇愁;想到那离家别亲、远嫁匈奴的王昭君,身在边关为国纾难的重任还要担当。

《题木兰庙》是一首七言绝句,是杜牧会昌年间任黄州刺史时,游历至木兰庙,触景怀古而题诗。诗人一开头先从人物形象的外部特征落笔,用"弯弓征战"四个字,不但活灵活现地描绘出这位巾帼英雄的非凡气概和神韵,而且生动地再现了她征战十二年的戎马生涯。"梦里曾经与画眉","梦里""画眉"形象地表达了英雄的女儿情怀和对美好生活追求的憧憬。如果说"弯弓征战"是表现这位巾帼英雄外在的"阳刚"之美,那么"梦里""画眉"则是表示英雄内在的少女本色,诗歌前两句对人物的描写入木三分,有血有肉,增强了诗的艺术魅力。诗歌最后陡翻新意。木兰把酒思乡的时候,居然想到了汉朝和亲远嫁的明妃王昭君。虽然她们的身份、经历以及到边关的原因各不一样,但是她们的身上都承载着家国重任。这样的重任本应是男性担当的,现在却让两位红颜女子来背负,并且还要承受着离别的痛苦,在男权社会中,这是不公平的。杜牧在诗中的议论,确实发人深省,耐人寻味。

这首咏史绝句采用先抑后扬的手法,通过对人物形象生动的刻画和细致的心理描写,塑造了一位光彩照人的巾帼英雄的感人形象。

木兰庙,黄州城西北一百五十里处有一座木兰山,南齐时曾在此设立木兰县,梁朝改为梁安县,隋朝时再改为木兰县,到唐时并入黄冈市。因木兰山、木兰县与北方广为流传的木兰从军故事中的女英雄同名,有好事者遂加以附会,在木兰山附近立庙,以祀花木兰。

三闾庙

唐·戴叔伦

沅湘流不尽①,屈子怨何深②!

日暮秋风起,萧萧枫树林③。

①沅(yuán)湘:沅江和湘江,是湖南的两条主要河流。②屈子怨何深:此处用比喻,屈子指屈原,屈原的怨恨好似沅江、湘江深沉的河水一样。何深:多么深。③萧萧:风吹树木发出的响声。

沅江、湘江浩荡绵长,屈原怨愤无穷深广。秋风袅袅暮色苍茫;枫林萧瑟满目悲凉。

戴叔伦(732—789),字幼公,一作次公,润州金坛(今属江苏)人。曾任抚州刺史、容管经略史。其诗多表现隐逸生活和闲适情调。

《三闾庙》是一首五言绝句。全诗抚今追昔,紧紧围绕"怨"字下笔,表达了对屈原的悲悯和同情。诗人从沅湘两江开篇,以江流的博大比喻屈原忧愤之深广,以江水的无尽比喻屈原怨恨之无穷。前一句之"不尽"写怨之绵长，后一句之"何深"表怨之深重。两句都从"怨"字落笔，表达了诗人对屈原的深沉怀念和深切同情。三、四句借景抒怀，将深远的情思蕴含在景色描绘中，深秋日暮景色凄凉满目萧瑟。这两句意在言外词简意深，诗人满怀愁思悲苦又不言破，仅以秋声枫树传哀怨之声，体现了本诗含蓄委婉的特点。

三闾（lú）庙，即屈原庙，是奉祀春秋时楚国三闾大夫屈原的庙宇，因屈原曾任三闾大夫而得名。位于湖南省汨罗市汨罗江畔玉笥山麓。

蜀先主庙

唐·刘禹锡

天地英雄气①,千秋尚凛然。

势分三足鼎②,业复五铢钱③。

得相能开国④,生儿不象贤⑤。

凄凉蜀故妓,来舞魏宫前⑥。

注释

①天地英雄:一作"天下英雄"。②势分三足鼎:刘备创立蜀汉,与魏、吴三分天下。③五铢钱:汉武帝时的货币,此代指刘汉帝业。"业复"句:王莽代汉时,曾废五铢钱,至东汉初年,光武帝又依照马援的奏议重铸,天下称便。这里以光武帝恢复五铢钱,比喻刘备想复兴汉室。④相:此指诸葛亮。⑤不象贤:此言刘备之子刘禅不肖,不能守业。象贤:学习先祖的贤才。⑥"凄凉"两句:刘禅降魏后,东迁洛阳,封为安乐县公。魏太尉司马昭在宴会中使蜀国的女乐表演歌舞,旁人见了都为刘禅感慨,独刘禅"喜笑自若",乐不思蜀。妓:女乐,实际也是俘虏。

译文

先主刘备的英雄气概充塞宇内,历经千秋万代仍令人仰慕。三分天下势成鼎足,兴复汉室志在四方。得贤相诸葛亮开创蜀国基业,生子刘禅庸碌无为大器难成。蜀国歌伎献舞魏宫,好不凄凉。

赏析

　　《蜀先主庙》是刘禹锡的一首五言律诗。这首咏史之作立意在于赞誉英雄鄙薄庸碌。从全诗的构思来看，前四句写盛德，后四句写业衰，在鲜明的盛衰对比中，道出了古今兴亡的深刻教训。诗人咏史怀古，其着眼点在于当世。唐王朝在安史之乱后，失去了往日的辉煌，执政者昏庸荒唐，国势日渐衰颓。此诗借感怀古事，借叹蜀之兴亡联想到大唐王朝的今非昔比，感情深切言尽意远。

　　蜀先主庙，蜀先主即汉昭烈帝刘备，蜀先主庙原建在夔州（治所在今重庆市奉节县东）白帝山上。

凌空古塔耸云霄，设计匠工何巧雕

主题七 古塔

凌空古塔耸云霄，设计匠工何巧雕

它拔地突起，戟指蓝天；它古色古香，历经沧桑。它是我国古代高层建筑的代表，它见证了中国五千年的文明史。

神州大地，古塔林立，千姿百态，各具风韵，堪称古代建筑中的精品。起源于印度的古塔，最初用来供奉舍利、经卷或法物，传入中国后，历经汉化，妆点江山，成一方胜景，是中国古代建筑艺术宝库中的一朵奇葩。

古塔是历史文化的载体，每座古塔都有着动人的故事和昨日的辉煌，都昭示着一种文化力量、一种精神内涵。仰望古塔，如步入圣境。文人骚客登塔题诗，留下了不朽诗篇。"古塔云中影，佛寺夜半钟"描绘了古塔外形和周围环境；"孤高塔势耸南山，无数峰峦络绎环。八面浮雕皆佛像，登临疑在翠薇间"描摹了登临古塔的感受；"点燃八百灯火，指引千帆夜海航"则写出了古塔导航引渡的功用……千姿百态的古塔和精彩纷呈的诗文构成了我国珍贵的文化艺术遗产。

凌空古塔耸云霄，设计匠工何巧雕。千年古塔，独具匠心。聆听古塔诗文，感受古塔神韵。

同诸公登慈恩寺塔①

唐·杜甫

高标跨苍穹②,烈风无时休③。

自非旷士怀④,登兹翻百忧⑤。

方知象教力⑥,足可追冥搜⑦。

仰穿龙蛇窟⑧,始出枝撑幽⑨。

七星在北户⑩,河汉声西流⑪。

羲和鞭白日⑫,少昊行清秋⑬。

秦山忽破碎⑭,泾渭不可求⑮。

俯视但一气⑯,焉能辨皇州⑰?

回首叫虞舜⑱,苍梧云正愁⑲。

惜哉瑶池饮,日晏昆仑丘⑳。

黄鹄去不息㉑,哀鸣何所投?

君看随阳雁㉒,各有稻粱谋㉓。

注释

①同:和。诸公:高适、薛据、岑参、储光羲。②高标:慈恩寺塔。苍穹:青天。穹:一作"天"。③烈风:大而猛的风。休:停息。④旷士:旷

达出世的人。旷：一作"壮"。⑤兹：此。翻：反而。⑥象教：佛祖释迦牟尼说法时常借形象以教人，故佛教又有象教之称。佛塔即是佛教的象征。⑦足：一作"立"。冥搜：探幽。⑧龙蛇窟：形容塔内磴道的弯曲和狭窄。⑨出：一作"惊"。枝撑：指塔中交错的支柱。幽：幽暗。⑩七星：北斗七星，属大熊星座。北户：一作"户北"。⑪河汉：银河。⑫羲和：古代神话中为太阳驾车的神。鞭白日：言日行之快，如鞭促赶。⑬少昊：古代神话中司秋之神。⑭秦山：长安以南的终南山，山为秦岭山脉一部分，故云秦山。破碎：终南诸峰，大小错综，登高眺望，山峦如破碎。⑮泾渭：泾水和渭水。不可求：难辨清浊。⑯但：只是。一气：一片朦胧不清的样子。⑰焉能：怎能。皇州：京城长安。⑱虞舜：虞是传说中远古部落名，即有虞氏，舜为其领袖，故称虞舜。⑲苍梧：相传舜征有苗，崩于苍梧之野，葬于九疑山（在今湖南省宁远县南）。见《礼记·檀弓上》《史记·五帝本纪》。这里用以比拟葬唐太宗的昭陵。唐太宗受内禅于高祖李渊，高祖号神尧皇帝。尧禅位于舜，故以舜喻唐太宗。⑳"惜哉"二句：此喻指唐玄宗与杨贵妃游宴骊山，荒淫无度。饮：一作"燕"。晏：晚。㉑黄鹄（hú）：天鹅，善飞，一举千里，此喻贤能的人才。去不息：远走高飞，此喻贤才一个个离开朝廷。㉒随阳雁：雁为候鸟，秋由北而南，春由南而北，故称。此喻趋炎附势者。㉓稻粱谋：本指禽鸟觅取食物的方法，此喻小人谋取利禄的打算。

译文

慈恩寺塔高耸入云，戟指蓝天。烈风强劲，无休无止。我没有旷达之士那么清逸风雅，登塔俯视不免触景生忧。寺塔巧夺天工建筑奇伟，尽人间想象之妙。仰面穿过狭窄而弯曲的磴道，如同穿过龙蛇的洞穴；绕过塔内犬牙交错的梁栏登上顶层。北斗七星好像在塔北窗外闪烁，烈风在耳边呼啸仿佛听到银河水向西流淌的声音。清秋日暮仰望天空，仿佛看到羲和鞭赶太阳催其速进，秋神少昊正在推行秋令。

主题七 古塔

俯瞰终南诸山高低起伏似乎破碎成块，泾渭之水清浊难分。俯视四方，青苍一片；都城长安，朦胧难辨。回首唤英主，只见昭陵上空愁云弥漫。痛惜啊！当年穆王与王母在昆仑瑶池饮酒作乐，竟然喝到夜幕降临到昆仑山。黄鹄一个个远走高飞，哀鸣不止无处投奔。你们看那些追阳逐暖的群雁，却各自有着谋取食物的打算。

这首诗是天宝十一年（公元752年）秋天，杜甫和高适、岑参、储光羲、薛据一起登慈恩寺塔时写的五言古诗。此诗运用象征手法，通过登塔时所见景物的描写，曲折地反映出当时危机四伏的社会现实，抒发了诗人忧国忧民的深沉感慨。诗人登高望远、百忧交集。"七星"四句为登塔所见，构思瑰奇，不离一"忧"字。"秦山"四句，为俯视所见，既是长安暮色，又似有寄托，与"百忧"之情血脉沟通。"回首"以下八句写登塔所感，触景感事，忧虑弥深。结尾以两种鸟的不同去向寄托了在唐朝将陷入危乱之时有识之士的清醒思考，表达了诗人忧国忧民的情怀。此诗在艺术表现上的特色，就是在景物描写中隐含朦胧的寓意，纵横跌宕，摄人心魄。

慈恩寺塔，又名大雁塔，位于陕西省西安市南。创于唐永徽三年（公元652年），为保存玄奘由印度带回的佛经而建，是现存最早、规模最大的仿木结构的唐代四方楼阁式砖塔，也是佛塔这种古印度佛寺的建筑形式随佛教传入中原地区，并融入华夏文化的典型物证，同时也是古都西安的象征和标志性建筑。

主题七 古塔

与高适薛据登慈恩寺浮图①

唐·岑参

塔势如涌出②，孤高耸天宫。

登临出世界③，磴道盘虚空④。

突兀压神州⑤，峥嵘如鬼工⑥。

四角碍白日⑦，七层摩苍穹。

下窥指高鸟，俯听闻惊风⑧。

连山若波涛，奔凑似朝东。

青槐夹驰道⑨，宫馆何玲珑⑩。

秋色从西来，苍然满关中⑪。

五陵北原上⑫，万古青濛濛⑬。

净理了可悟⑭，胜因夙所宗⑮。

誓将挂冠去⑯，觉道资无穷⑰。

注释

①浮图：原是梵文"佛陀"的音译，这里指佛塔。慈恩寺浮图：即今西安市的大雁塔，本唐高宗为太子时纪念其母文德皇后而建，故曰慈恩。②涌出：形容拔地而起。③世界：佛家语。世指时间，界指空间。在诗中指宇宙。

④磴（dèng）：石级。盘：曲折。⑤突兀：高耸貌。⑥峥嵘（zhēng róng）：形容山势高峻。鬼工：非人力所能。⑦碍：遮蔽。⑧惊风：疾风。⑨驰道：御道。⑩宫馆：宫阙。⑪关中：今陕西省中部地区。⑫五陵：汉代五个帝王的陵墓，即汉高祖长陵、惠帝安陵、景帝阳陵、武帝茂陵及昭帝平陵。⑬濛濛：苍润貌。⑭净理：佛家的清净之理。⑮胜因：佛教因果报应中的极好的善因。⑯挂冠：辞官归隐。⑰觉道：佛教达到消除一切欲念和物我相忘的大觉之道。资：应用。

译文

慈恩寺塔拔地而起，直入云霄。楼梯盘旋犹如悬挂半空，拾级而上仿佛出离世界。巍峨雁塔矗立在神州大地，雄奇突兀好似鬼斧神工。四角挺拔遮天蔽日，塔高七层上接苍穹。站在塔顶俯瞰飞鸟翱翔，俯下身子倾听狂风怒吼。群山连绵好似波涛汹涌起伏，气势磅礴仿佛百川奔流入海。大道两旁，青槐林立；宫阙楼台，精巧玲珑。关中大地，秋色茫茫。长安城北汉代的五陵，历经千秋依然郁郁葱葱。清净的佛理使我完全领悟，行善施道素来是我做人的信奉。我将要辞官归隐，大觉之道方能济世无穷。

赏析

岑参（约715—770），盛唐边塞诗人，与高适并称为"高岑"，其诗气势雄伟想象丰富。唐玄宗天宝十一年（公元752年）秋，岑参自安西回京述职，相邀高适、薛据、杜甫、储光羲四位诗坛巨匠结伴同游慈恩寺内浮图塔，见宝塔巍峨俊逸，拾级而上，触景生情，遂吟诗唱和以助兴。高适先作《同诸公登慈恩寺塔》，其余人相和，岑参遂作此诗。

主题七 古塔

　　此诗是写登佛塔回望忽悟佛理，决意辞官学佛以求济世，暗寓对国事无可奈何的情怀。前两句写未登之前仰望全塔；三、四句写登塔所见；五至八句写塔之高耸雄峻；九、十句写由上俯瞰；十一至十八句，写在塔顶向东南西北各方所见的景物；最后四句写忽悟"净理"，甚至想"挂冠"而去。本诗气势雄浑想象奇特，凸显了慈恩寺塔孤高巍峨的形象，描绘了四周优美的环境，展现出诗人在写景方面卓越的才能。

秋日登扬州西灵塔

唐·李白

宝塔凌苍苍，登攀览四荒。

顶高元气合①，标出海云长②。

万象分空界，三天接画梁③。

水摇金刹影④，日动火珠光。

鸟拂琼帘度，霞连绣栱张⑤。

目随征路断，心逐去帆扬。

露浴梧楸白⑥，霜催橘柚黄。

玉毫如可见⑦，于此照迷方。

注释

①元气：天地之气。②标：高。③三天：指天空。④金刹：这里指宝塔。⑤张：拱起、突出。⑥梧楸（qiū）：梧桐和楸树，均为落叶乔木。⑦玉毫：佛教用语，它可以照遍一切事物。

译文

凌空宝塔直指苍穹，登临塔顶，饱览四方风光。宝塔巍峨高耸，与天相接。万物与天际分界清晰，绘满图画的塔梁如入云霄。塔影在

主题七 古塔

湖水中荡漾，太阳散发着耀眼的光芒。飞鸟像箭一样穿过琼甍，彩霞映照着彩漆装饰的塔拱。眼光随着蜿蜒的大路远去，心思却追随着离别的船帆。秋露把梧桐与楸树叶染白，寒霜把柚子与柑橘催黄。愿借助佛法的智慧，将我迷茫的前途照亮。

赏析

《秋日登扬州西灵塔》是诗人李白所作的一首五言古诗，作品出自《全唐诗》。此诗风格明快，描写精当。"宝塔凌苍苍，登攀览四荒"两句称赞宝塔气势磅礴。诗句"水摇金刹影"可以和"气蒸云梦泽，波撼岳阳城"相媲美，结句很有禅意。这首诗中饱含着诗人对于前途渺茫的忧虑和无奈，礼佛的思想浓郁。

西灵塔，又称栖灵寺塔，建于隋文帝时，在今江苏省扬州市西北。隋文帝杨坚笃信佛教，仁寿元年（公元601年）他过生日，曾下诏在全国建立三十座供养佛舍利的塔，建于大明寺内的扬州栖灵塔，便是其中之一。塔高九层，雄踞蜀冈，塔内供奉佛骨，谓之佛祖即在此处。本焚僧大觉遗灵之言，故称"栖灵塔"。隋唐时期，扬州成为全国第三大都会，唐代著名诗人高适、刘长卿、刘禹锡、白居易等人均曾登临栖灵塔赋诗赞颂。可惜，唐武宗会昌三年（公元843年），一代胜迹化为焦土，古往今来观光者无不感喟怅惘。

同乐天登栖灵寺塔

唐·刘禹锡

步步相携不觉难①,九层云外倚阑干②。

忽然笑语半天上,无限游人举眼看。

  注释

①相携:相互搀扶、相伴。②阑干:同"栏杆"。

 译文

（我与白居易）一步一步相互扶携着登塔并不感到困难,登到塔顶斜倚栏杆如身在云巅。与友畅谈的琅琅笑声在半空中回荡,引来众多游客抬眼观望。

赏 析

这是一首七言绝句。诗人和朋友白居易有幸在扬州相遇,同登栖灵塔,写下了这首情景交融的不朽诗篇。此诗表达了两位诗人登塔的愉快心情,二人的友谊也成了历史文化名城扬州历史上的一段佳话。

与梦得同登栖灵塔

题华严寺木塔

唐·张泌

六街晴色动秋光,雨霁凭高只易伤①。

一曲晚烟浮渭水,半桥斜日照咸阳。

休将世路悲尘事②,莫指云山认故乡。

回首汉宫楼阁暮,数声钟鼓自微茫③。

①霁:雨停止,天放晴。②世路:世间人事经历的兴盛和衰败。尘事:指世俗之事。③微茫:隐约模糊。

雨后初晴,诗人登塔见樊川城秋色正浓,登高远眺愁情满怀。一缕晚烟漂浮渭水上空,一片夕阳斜照咸阳古城。不要悲叹世事的兴衰荣辱,不要把云山深处认作是自己的故乡。回望那汉宫楼阙,若隐若现;倾听那钟鼓之音,虚无缥缈。

张泌,生卒年不详,字子澄,唐末重要作家,花间派的代表人物之一。其词用字工练,章法巧妙,描绘细腻。

主题七 古塔

《题华严寺木塔》是一首七言律诗。诗人登塔见樊川城秋色正浓，夕阳斜照，汉宫楼阙若隐若现，只有隐隐的几声钟鼓之音，勾起游子无限的思绪。华严寺在车马尘嚣、人物繁华的都邑内外构建出一处宁静安谧的和谐天地。面对脱离尘世的佛门院落，诗人从另一个角度去剖析世路尘事的得失，盼望佛门钟鼓的醒示。

华严寺木塔，位于华严寺内。华严寺，是唐朝长安城南樊川八大寺之一，是中国佛教华严宗的祖庭，位于今陕西省西安市南十五千米的少陵原半坡。登临华严寺塔，居高临下，可俯瞰眺望樊川。李白描述道："南登杜陵上，北望五陵间。秋水明落日，流光灭远山。"清乾隆年间，因少陵原坡塌崩，殿宇被毁，现仅存砖塔两座。

登宝公塔

宋·王安石

倦童疲马放松门①,自把长筇倚石根②。

江月转空为白昼③,岭云分暝与黄昏④。

鼠摇岑寂声随起⑤,鸦矫荒寒影对翻⑥。

当此不知谁客主,道人忘我我忘言⑦。

注释

①童:随行的童仆。松门:松木为门,此指寺门。②筇(qióng):竹杖。石根:大石的底部,这里指石塔基部。③转:运转。④暝:日暮、傍晚。⑤鼠:松鼠,或谓蝙蝠。岑(cén)寂:寂静、寂寞。⑥矫:举起。此处为振翅之意。⑦道人:得道之人,这里指看守塔院的僧人。

译文

童仆和马匹倦怠疲惫在寺门留守,只有我意兴盎然拄杖登塔。只见皓月当空、江面清辉一片。暮云苍茫山峦起伏,黄昏愈加暗淡。松鼠细微的声响,打破了山间的静谧;乌鸦掠过荒寒的夜空,身影与投影形成双双翻飞的奇景。此时我心旷神怡物我两忘,既忘记了主客之分,也忘记了言语的表达。

赏析

王安石（1021—1086），字介甫，自号临川先生，晚号半山，谥号"文"，世称王文公，抚州临川（今江西抚州）人，北宋杰出的政治家、文学家。其文雄健峭拔，为"唐宋八大家"之一。诗遒劲清新，今存《王临川集》《临川集拾遗》。

首联曰"倦童疲马"，可见地势险阻攀登艰难；后又曰"自把长筇倚石根"，既表现出了诗人不畏险阻誓攀高峰精神，又切题"登"字。颔联"江月转空为白昼，岭云分暝与黄昏"两句诗写到江月转空，岭云分暝，赋"云""月"以生命，变静景为动画，令读者有亲临之感。颈联"鼠摇岑寂声随起，鸦矫荒寒影对翻"写松鼠走动的声音竟可摇破山间之寂静；鸦鸟在夜空中翻飞，其影可鉴，写夜色用"摇""矫"两个动词，令山间夜空之荒寒、月色之清朗，历历展现于读者眼前。尾联写作者登临宝公塔，被眼前空寂环境所感化，达到与万物融为一体、物我皆忘的境界。

王安石的一生是在政治风浪中度过的，他积极入世，革故鼎新几度沉浮。晚年，他虽罢官闲居，仍洒脱不羁淡泊自守，《登宝公塔》便是诗人旷世胸襟、超脱情怀的体现。

宝公塔，又称"宝志塔"，建于南朝梁天监年间，原址在江苏省南京市钟山南麓独龙阜上，即今南京明孝陵一带。据《南史·陶弘景传》载，宝公乃南朝高僧，名宝志（俗称宝公、志公），一生历经宋、齐、梁三朝，在梁武帝时备受世人敬仰。据传他行踪不定疯疯癫癫，或没入山林或奔走市邑，被尊为神人、国师，故死后建塔纪念。塔依山临水地势险峻。王安石晚年闲居江宁（今南京）半山园，常于此游玩，曾留下诸篇吟咏佳作，本诗即为其中一首。

咏六和塔

宋·郑清之

经行塔下几春秋,每恨无因到上头①。

今日始知高处险,不如归卧旧林丘。

 注释

①恨:遗憾。因:机会。

译文

几年来屡次经行六和塔下,常常遗憾没有机会登上塔顶。今日才知高处险象环生,还不如归隐山林过田园生活。

郑清之(1176—1251),初名燮,字德源、文叔,别号安晚,庆元道鄞县(今浙江宁波)人,南宋大臣。淳祐末年,元兵大举侵宋,郑清之进十龟元吉箴劝帝励精图治,未能实施,而后退仕隐居。作者虽有登到塔"上头"之心,但因"高处险",于是产生了"不如归卧旧林丘"之情。此诗含蓄地表达了作者有志难酬,欲归隐山林的无奈心情。

主题七 古塔

  六和塔，中国宋代古塔，位于浙江省杭州市西湖之南，钱塘江畔月轮山上。北宋开宝三年（公元970年），僧人智元禅师为镇江潮而建，现在的六和塔塔身重建于南宋，取佛教"六和敬"之义，命名为六和塔。又名六合塔，取"天地四方"之意。塔平面呈八角形，外观十三层，内为七层，塔内有阶梯可达顶层。塔内须弥座上砖雕飞仙、云纹、如意等图像，是研究南宋装饰图样的可贵资料。

主题七 古塔

游大理崇圣塔

元·李源道

古塔参差映宝昙①,令人偶误一身三②。

佛光忽作长虹起,世味宁如瑞露甘③。

把茗对山云恋恋④,看花着履雨毵毵⑤。

唐家旧迹今无几⑥,弹指兴亡可尽谈⑦。

注释

①参差:不齐的样子。②一身三:一塔三个影子。③世味:人世滋味,社会人情。宁:岂能、怎么能。瑞露:酒名,后象征吉祥之露。④把:拿着、端着。茗:茶,指茶杯。⑤着履:穿着鞋。毵毵(sān sān):散乱貌。⑥唐家旧迹:唐代的印迹。⑦弹指:一弹指的工夫,喻极短时间。

译文

崇圣寺三塔在彩云中参差相映,让人误以为三座塔是一塔形成的三个影。佛光乍现,如长虹普照人间;世间尘味,岂能比这吉祥之露甘甜。持杯喝茶,见山色青青云彩依依;穿鞋看花,赏绵绵细雨。唐代所建崇圣寺的印迹如今已所剩无几,历史兴亡就在转瞬之间。

诗画建筑
—— 诗词里的建筑之美

196

李源道，字仲渊，号街斋，板中人，生卒年均不详。此诗是元朝翰林侍学学士李源道查访大理时所写的一首七言律诗。诗人把茗饮茶、游大理崇圣寺，看到唐代蒙氏所建的崇圣寺已毁的景象，尽兴谈起历史兴亡的话题，并为之生发凄婉之情。

　　崇圣塔，位于云南省大理古城、苍山应乐峰下，背靠苍山、面临洱海，是中国南方最古老、最雄伟的建筑之一，也是南诏国和大理国时期建筑的颇具规模的佛教寺庙。崇圣寺三塔由一大二小三座佛塔组成。远远望去卓然挺秀，是苍洱胜景之一。大塔又名千寻塔、文笔塔，为大理地区典型的密檐式空心四方形砖塔。南北小塔为八角形密檐式空心砖塔。三座塔雄伟壮观，鼎足而立，千寻塔居中，二小塔南北拱卫，显示了古代劳动人民在建筑方面的卓越成就。

题应县木塔

明·乔宇

矗矗栏杆面面迎①,盘古万木费支撑②。

山川一觅云中胜③,烽火遥连塞上兵④。

岁月辽金留往迹⑤,郡经秦汉有威名。

云梯踏遍苍穹顶⑥,蜂蚁纷纷下界行。

注释

①矗矗:高峻貌。②盘古:中国古代传说中开天辟地的巨神,引申意为开天辟地。③胜:优美、美好。④遥:长远、遥远。⑤往迹:往事、陈迹。⑥苍:深青色。穹:隆起、穹隆。苍穹即苍天。

译文

巍峨木塔,栏杆高耸四面可见,万木成塔耗材空前。游人旅客登塔远眺,遍览山川胜景;戍边将士登塔瞭望,可见边关烽火。建塔于辽金,历经沧桑但古迹犹存;时至秦汉,赫赫古塔仍威名不减。千年古塔映苍穹,循梯登塔到塔顶,只见人如蜂蚁在地面上穿行。

赏析

乔宇(1464—1531),字希大,号白岩山人,太原乐平(今山西昔阳)

人，明成化年间进士。乔宇一生好学，为文深沉浓郁，为诗隽雄豪放，时称北方文苑之魁。

这是一首以应县木塔为题材的七言律诗。一、二句写木塔巍峨高耸，耗材空前。三、四句写登木塔揽胜景及其军事功用。五、六句写木塔如鬼斧神工，流传久远。末两句运用比喻的修辞手法极言木塔巍峨壮丽。诗人通过写登临木塔的所见所感，表达了对木塔的由衷赞美。

应县木塔，位于山西省应县城内西北隅佛宫寺内，是中国辽代高层木结构佛塔，也是中国现今绝无仅有的最高、最古老的重楼式纯木结构塔。因塔身全是木质构件叠架而成，所以俗称应县木塔。据县志记载，辽金以来，当地历经七次大地震，其中最厉害的是元代顺帝时的大地震，地震连续七天，木塔仍巍然屹立不动，足见塔身构件安装合理，制作精细，质地坚固。全塔不施钉铆，纯靠斗拱、柱梁把所有木构件结合成一个完整稳固的整体，这在我国建筑史上可谓奇迹。

登金山寺塔

清·杜濬

极目非无岸,沧波接大荒。

人烟沙鸟白,春色岭云黄。

出世登初地①,思家傍战场。

咄哉天咫尺,消息转茫茫。

① 初地:佛教语,意思是初得真念的处所。

　　登塔俯眺,两岸尽收眼底,极目所见江水滔滔。人烟荒芜只有鸥鸟出没;山峰座座黄尘漫漫,春色一片寥落。登上金山寺塔仍未消尘念,不禁忧思战火中的家园。为何距天涯咫尺,家乡的消息却遥遥无期呢?

　　杜濬(1611—1687),原名诏先,字于皇,号茶村,湖北黄冈人,清初诗人。明崇祯时太学生,明亡后,不出仕,杜睿夙负济世大志,因不愿

主题七 古塔

效力清廷，寄情于诗文之间。流寓金陵三十余年，家贫至不能举火，仍不屈，死于扬州。崇祯十四年（公元1641年），作者为躲避兵乱离开家乡，流落江宁、扬州一带。游经镇江时作诗多首，本诗为其中之一。

首联写登上金山寺塔初眺之景。登塔俯眺，尽管两岸都在视野之内，吸引目光的却是那滔滔的长江。"极目""沧波""大荒"，用所见之远衬托了金山寺塔的高峻，也显示了诗人心宇的浩茫。颔联诗人目光渐及江岸的人境。鸥鸟出没黄尘漫漫，暗喻了人烟的冷落、春光的惨淡，更见作者心绪的苍凉。"出世登初地"句扣合"金山寺"的题面，然而诗人登上寺塔，不仅没有消释尘世之念，反而更强烈地思怀故乡。他奇怪的是，尽管去天咫尺，为何家乡的消息转觉茫茫了呢！"茫茫"二字，与前四句的眺望所见遥相呼应，点明了登塔"极目"的真实意向。

这首五言律诗前四句写景，后四句抒怀，然而句句隐然可见金山寺塔的孤标高峻，句句可读出作者登高心情的沉郁悲凉。

金山寺塔，又名为慈寿塔，位于江苏省镇江市内的金山之巅，最早建于南朝齐梁时代，原为两座宝塔，南北相对而立，后倒塌。宋哲宗元符年间（公元1098—1100年）重建成一座八角七层塔。明朝隆庆三年（公元1569年），明了法师重修，清同治、光绪年间又多次修葺。金山寺塔高约40米，矗立于数重楼台殿宇之上，砖身木檐、仿楼阁式、七级八面，每级四面开门有楼梯盘旋而上，每层有走廊和栏杆可凭栏远眺。宋代政治家王安石《金山》诗云："数重楼枕层层石，四壁窗开面面风。忽见鸟飞平地上，始惊身在半空中。"

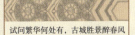
试问繁华何处有，古城胜景醉春风

主题八 古城

试问繁华何处有，古城胜景醉春风

一座古城，千种风情。烟柳画桥、风帘翠幕，舞榭歌台间交响着太平盛世之音；长街浅巷、繁花芳树，桨声灯影中飘荡着管弦丝竹之乐。古都城市，犹如岁月点染的历史画卷。每一座雕栏玉砌、富丽堂皇的古都建筑都散发着中国传统文化的韵味。每一座粉墙黛瓦、朱栏绮户的古都城市都见证了历史沧桑，记录了时代的变迁。

繁华古城，诗墨留香。遍览诗文，你会觅见"三面湖光抱城郭，四面山势锁烟霞"的山城昆明；你会寻到"水如棋局连街陌，山似屏帷绕画楼"的小城温州；你会流连于"君到姑苏见，人家尽枕河"的园林苏州；你会沉醉于"东南形胜，三吴都会，钱塘自古繁华"的天堂杭州；你会惊讶于"百千家似围棋局，十二街如种菜畦"的城市格局；你会感叹于"天下三分明月夜，二分无赖是扬州"的诗情画意……

试问繁华何处有，古城胜景醉春风。诗中风景，词中古城；古城老去，诗文不朽。穿越诗词长廊，欣赏古城风貌。

长安春望

唐·卢纶

东风吹雨过青山,却望千门草色闲①。

家在梦中何日到,春生江上几人还②。

川原缭绕浮云外③,宫阙参差落照间④。

谁念为儒逢世难⑤,独将衰鬓客秦关⑥。

注释

①"东风"句:语从陶渊明《读山海经》"微雨从东来,好风与之俱"化出。草色:一作"柳色"。②春生:一作"春归",一作"春来"。③川原:郊外的河流原野,这里指家乡。④落照:夕阳。⑤逢世难:一作"多失意",遭逢乱世。⑥秦关:秦地关中,长安所在地。

译文

东风吹拂,雨洒青山;登高远望,只见长安城中千门万户、春草绵绵。魂牵梦绕,何时回到梦中家园;春水初生,几人得以归故园?长安城外,河流原野浮云缥缈;长安城中,宫阙参差夕阳残照。生逢乱世,一介儒生无人问;满头白发,客居长安寂寞冷。

赏析

卢纶(748—约799),字允言,河中蒲(今山西永济)人,为"大历

诗画建筑
—— 诗词里的建筑之美

十才子"之一。诗多送别酬答之作,也有反映军士生活的作品。

这是一首七言律诗,首联紧扣题目,写在长安登高"春望"。"东风"句,侧重写望中所见。卢纶是河中蒲(今山西永济)人,家乡刚好位于长安的东面,说"东风吹雨",自然引出思乡之情。"却望",是回头望。"千门",泛指京城。"闲"字用语巧妙,春草之闲正好与诗人在乱离中的思家之情形成强烈对比。颔联正面抒发思乡望归之情。"家在梦中何日到,春来江上几人还"两句为全诗的警句,是春望联想之语。家乡只能在梦中出现,他人得归自己难返,由此愁思倍增。颈联又转入写景,仍然景中含情。极目远望,家乡在浮云之外渺不可见,只见长安的宫殿,笼罩在一片夕阳之中。诗人先写远望之景,又写眼前之景,纵然有巍峨的宫殿相伴,但久客他乡的孤独和落寞却如夕阳一样深沉浓厚。尾联收束到感时伤乱和思家盼归的主题。诗人将自己生不逢时、奔波宦途的艰难和怀才不遇、穷困潦倒的衰颓感伤形象刻画得入木三分。

本诗寓情于景,情景交融,体现了"大历十才子"诗歌的阴柔之美。

长安,西安的古称,是历史上第一座被称为"京"的都城,也是历史上第一座真正意义上的城市。周文王时就定都于此,筑设丰京,武王即位后再建镐京,合称丰镐,西安简称"镐"(hào)即源于此。汉高祖五年(公元前202年)置长安县,在渭河南岸阿房宫北侧的秦兴乐宫基础上兴建长乐宫,汉高祖七年(公元前200年)营建未央宫,同年国都由栎阳迁移至此,因地处长安乡,故名长安城,取意"长治久安"。长安是十三朝古都,是中国历史上建都朝代最多、建都时间最长、影响力最大的都城。

登观音台望城

登洛阳故城

唐·许浑

禾黍离离半野蒿①,昔人城此岂知劳②?

水声东去市朝变③,山势北来宫殿高④。

鸦噪暮云归古堞⑤,雁迷寒雨下空壕⑥。

可怜缑岭登仙子⑦,犹自吹笙醉碧桃⑧。

注释

①禾黍(shǔ)离离:从《诗经·王风·黍离》篇开首的"彼黍离离"一句脱化而来。写周王室东迁后故都的倾覆,以寄托亡国的哀思。这里加以化用暗含对过去王朝兴灭更替的追思。黍:糜子,子实去皮后为黄米,有黏性,可以酿酒、做糕饼。离离:庄稼一行行排列的样子。蒿(hāo):一种野草,此处泛指野草。②劳:辛劳。③市朝:争名夺利的场所。④山势:山,指邙山。⑤堞(dié):城上小墙,即女墙。⑥壕(háo):城下小池。⑦缑(gōu)岭:即缑氏山,在今河南省偃师市东南,多指修道成仙之处。⑧笙(shēng):一种乐器。碧桃:原指传说中西王母给汉武帝的仙桃,此指传说中仙人吃的仙果。

译文

禾黍成行,蒿草遍野;古人世代筑城,怎顾艰苦辛劳?洛水东去,市朝变迁;北面邙山绵亘,宫殿巍峨高耸。暮云苍茫,寒鸦空鸣栖于

主题八 古城

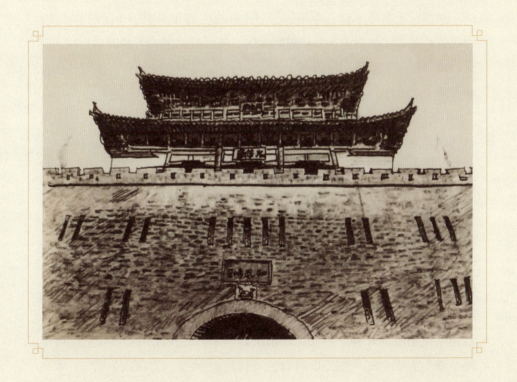

209

城墙；寒雨凄凄，鸿雁迷途躲于空壕。有谁能像缑岭成仙的太子晋那样，自在逍遥地超脱尘世之外呢？

赏析

许浑，生卒年不详，字用晦，一作仲晦，润州丹阳（今属江苏）人。官居监察御史，州刺史，晚年退隐乡居。晚唐最有影响力的诗人之一，后人曾以"许浑千首诗，杜甫一生愁"评价之。其诗长于律诗，多登高怀古和寄情山水之作，有《丁卯集》。

《登洛阳故城》是一首七言律诗，是诗人凭吊故城感怀之作。登临送目满目荒凉残破，昔日华丽雄伟的宫殿已荡然无存。诗人通过眼前景物的描写，托出"故"字，把昔日之兴盛与今日之凄凉作了鲜明的对比，从而引出"昔人城此岂知劳"的无限感慨。统治者劳民伤财建起的洛阳宫殿和城池，而今却已倾圮残毁，岂不令人痛惜？颔联承上，诗人的联想更为广阔。东流的洛水，繁华的街市，巍峨的宫殿都如过眼云烟。这一联表面写景，实际上寄寓了诗人内心无尽的感慨，历来为人传诵。颈联回到现实，写出了故城的荒凉冷落。一幅鸦噪图，一幅雁迷图，给全诗笼上了一层悲剧色彩。尾联由世事的无常推想到神仙的永存。可是又有谁能像仙人那样逍遥自在超脱世外呢？诗人无法解决这个矛盾，只能用一声叹息收束全篇。诗人凭吊古城，追抚山河陈迹，俯仰今古兴废，寄寓人生感慨。本诗意境苍凉，句式工整，堪称怀古名作。

洛阳，古称斟鄩（zhēn xún）、西亳、洛邑（yì）、雒（luò）阳、洛京、京

洛、神都、洛城等。地处中原，山川纵横。西依秦岭，东临嵩岳，北靠太行山，因地处洛河之阳而得名。中国四大古都之一，国家历史文化名城。

洛阳有着5000多年的文明史、4000多年的建城史和1500多年的建都史。夏朝、商朝、西周、东周、东汉、曹魏、西晋、北魏、隋朝、唐朝（武周）、后梁、后唐、后晋十三个王朝在此建都，有十三朝古都之称。隋炀帝时在旧城以西十八里营建新城，武则天时又加扩展，成为唐代的东都，旧城由此荒废。

过洛阳故城
（其一）

石头城

唐·刘禹锡

山围故国周遭在①，潮打空城寂寞回②。

淮水东边旧时月③，夜深还过女墙来④。

注释

①故国：故都。石头城（即南京）在六朝时代一直是国都。周遭：环绕。②打：拍打。③淮水：贯穿石头城的秦淮河。旧时：汉魏六朝时。④女墙：石头城上的矮墙。

译文

群山耸立，环绕着废弃的故都；潮水涨落，拍打着寂寞的空城。淮水东边，高悬着旧时的冷月；夜深人静，光耀着故都的矮墙。

赏析

《石头城》是刘禹锡组诗《金陵五题》的第一首。诗一开始，就置读者于苍莽悲凉的氛围之中。开头两句写江山如旧，明月依旧而城已荒废，只剩下荒芜和凄冷。情调悲凉，感慨极深。后两句写月照空城。这里曾是六朝时代王公贵族们醉生梦死的游乐场所，那临照过六朝豪华之都的旧时月即是见证。然而曾几何时，富贵繁华转眼成空。诗人把山水明月加以拟

主题八 古城

213

人化，山水明月有情，更衬托石头城的萧索。此诗意境深远，境界阔大，感慨深沉。诗中句句是景，然而无景不融合着诗人对故国萧条、人生凄凉的深沉感伤。

石头城，今南京，简称"宁"，古称金陵、建康。公元前571年，楚国在今六合已设有棠邑，置棠邑大夫，是南京有历史记载的最早的地方建置，也是南京建城的开始。春秋末年，吴王夫差在今朝天宫一带筑冶城，开办冶铸铜器的手工业作坊。公元前473年，越国灭吴后，范蠡在今中华门外的长干里筑越城。公元前333年，楚威王熊商于石头城筑金陵邑，金陵之名源于此。南京襟江带河，依山傍水；钟山龙蟠，石头虎踞；山川秀美，古迹众多。

桂枝香

宋·王安石

登临送目①,正故国②晚秋,天气初肃。千里澄江似练③,翠峰如簇④。征帆去棹⑤残阳里,背西风酒旗斜矗。彩舟云淡,星河鹭起⑥,画图难足⑦。

念往昔,繁华竞逐⑧,叹门外楼头⑨,悲恨相续⑩。千古凭高⑪对此,谩嗟荣辱⑫。六朝⑬旧事随流水,但寒烟衰草凝绿。至今商女⑭,时时犹唱,《后庭》遗曲⑮。

注释

①登临送目:登山临水,举目望远。②故国:金陵为六朝旧都,遂称故国。③千里澄江似练:喻长江澄碧如缎带。澄江:清澈的长江。练:绢。④如簇:群峰好像丛聚在一起。簇:丛聚。⑤棹:划船的一种工具,形似桨,也可引申为船。⑥星河鹭(lù)起:白鹭从水中沙洲上飞起。长江中有白鹭洲(在今南京市水西门外)。星河:银河,这里指长江。⑦画图难足:用图画也难以完美地表现它。⑧繁华竞逐:(六朝的达官贵人)争着过豪华的生活。竞逐:竞相仿效追逐。⑨门外楼头:指南朝陈亡国惨剧。语出杜牧《台城曲》:"门外韩擒虎,楼头张丽华。"韩擒虎是隋朝开国大将,他已带兵来到金陵朱雀门(南门)外,陈后主尚与他的宠妃张丽华于结绮阁上寻欢作乐。⑩悲恨相续:六国亡国悲剧连续发生。⑪凭高:登高。这是说作者登上高处远望。⑫谩嗟(màn jiē)荣辱:空叹历朝兴衰。这是作者的感叹。⑬六朝:三国吴、东晋、南朝宋、齐、梁、陈六个朝代。它们都建都金陵。⑭商女:歌女。⑮《后庭》遗曲:歌曲《玉树后庭花》,传为陈后主所作,后人认为是亡国之音。

译文

登上高楼凭栏远眺,天气肃杀,金陵一派晚秋盛景。千里奔流的长江澄澈似白练,峭拔青翠的山峰高耸如箭镞。落日余晖里,小船疾驶而去;飒飒西风中,酒旗迎风飘拂。远去的画船在云烟里出没,沙洲上的白鹭在江面上翩飞,这清丽的景色就是用最美的图画也难以描绘。

回首往昔,可悲六朝争相竞逐奢华,可叹"门外韩擒虎,楼头张丽华"的亡国悲恨接连相续。千古以来登临者倚栏凭吊,空叹兴亡。六朝旧事随流水而消逝,只有那寒烟笼罩下的秋草依然苍绿。直到如今,商女仍不知亡国的悲恨,隔江还唱《后庭》遗曲。

赏析

《桂枝香》这首词是王安石罢相后所作,通过对金陵(今江苏南京)景物的赞美和历史兴亡的感喟,寄托了作者对当时朝政的担忧和对国家政治大事的关心。上阕写登临金陵故都所见。"登临送目"总启全篇。"澄江""翠峰""征帆""残阳""酒旗""西风""云淡""鹭起"构成一幅清丽又苍凉的图画。下阕写在金陵所想。"念"字作转折,今昔对比,虚实相生,词人对历史和现实表达出深沉的抑郁与沉重的叹息。"六朝旧事随流水,但寒烟衰草凝绿"为一篇之眼。全词情景交融,境界雄浑阔大,风格沉郁悲壮。本词把壮丽的景色和历史内容和谐地融合在一起,立意高远堪称名篇。

金陵，今南京，古称金陵，有"江南佳丽地，金陵帝王州"之誉。南京有着6000多年的文明史和2500多年的建城史。历史上东吴、东晋及南朝的宋、齐、梁、陈六个王朝曾在这里建都；南唐、明（洪武年）太平天国及国民党政府也曾建都于此，因此南京被盛称为"六朝胜地、十代都会"。

南乡子·自古帝王州

题临安邸①

宋·林升

山外青山楼外楼，西湖歌舞几时休②！
暖风熏得游人醉③，直把杭州作汴州④。

注释

①邸（dǐ）：旅店。②西湖：在浙江省杭州市城西。汉时称明圣湖、唐后始称西湖，为著名游览胜地。几时休：什么时候停止。③熏（xūn）：吹，温暖馥郁的风。④汴州：汴京，北宋的都城，今河南省开封市。

译文

青山连绵，楼阁林立；西湖上的歌舞何时能停休？暖风醉人，游人流连；简直是把杭州当作了汴州。

赏析

林升，生卒年不详，淳熙时士人。

《题临安邸》是写在临安一家客栈上的一首七言绝句，因表达出人们共同的心声，故流传至今。首句写景，临安青山连绵起伏，楼台鳞次栉比，尽显繁华。第二句抒情，可惜这是一种表面上的繁华，西湖歌舞升平，国家山河垂危。一个"休"字，不仅暗示了诗人对现实社会处境的心痛，更表现出诗人对当政者一味"休"战言和、不思收复中原失地，只求苟且偏安寻欢作乐的愤慨之情，表现出诗人对国家命运的担忧。三、四句议论，"游人"特指那些苟且偏安的南宋君臣，他们被"暖风"吹得如醉如迷，全然忘记了中原的失地和人民，竟然把杭州当成了汴州。作者对这些醉生梦死的"游人"们进行了辛辣的讽刺；对乐不思蜀的统治者只求苟且偏安的亡国行径，表达了强烈的愤慨。本诗平易自然、明白如话，写景、抒情、议论兼具，内容深刻且充满讽刺意味。

　　临安，南宋王朝的都城，位于今浙江省杭州市城区。金灭北宋后，宋高宗于建炎三年（公元1129年）升杭州为临安府，作为行在所。绍兴八年（公元1138年）正式定临安为行都。因南宋希图恢复北方祖先基业，临安始终没有大的扩建，保持了原州城的布局。

成都府

唐·杜甫

翳翳桑榆日①，照我征衣裳②。

我行山川异，忽在天一方③。

但逢新人民④，未卜见故乡⑤。

大江东流去⑥，游子日月长⑦。

曾城填华屋⑧，季冬树木苍⑨。

喧然名都会⑩，吹箫间笙簧⑪。

信美无与适⑫，侧身望川梁⑬。

鸟雀夜各归，中原杳茫茫⑭。

初月出不高⑮，众星尚争光⑯。

自古有羁旅⑰，我何苦哀伤。

注释

①翳翳（yì yì）：朦胧的样子。②征衣裳：旅人之衣。③"我行"两句：一路走来经历了千山万水，不知不觉又到了成都这样一个遥远而崭新的地方。④但：只。新人民：新地初睹之人。⑤未卜：难以预料。⑥大江：岷江。东流去：一作"从东来"。⑦游子：离家远游的人。日月：时间。一作"去日"。⑧曾（céng）城：重城，指楼宇鳞次栉比。填：布满。华屋：华美的屋

宇。⑨季冬：冬季的最后一个月，农历十二月。苍：深青色、深绿色。⑩喧然：热闹、喧哗。名都会：著名的城市，此指成都。⑪间（jiàn）：夹杂。一作"奏"。笙簧（shēng huáng）：指笙。簧：笙中之簧片。⑫信：确实。此处有"虽"字义。无与适：无处可称心。⑬川梁：桥梁。南朝梁江淹《灯夜和殷长史》诗："冰鳞不能起，水鸟望川梁。"⑭"鸟雀"两句：以鸟雀犹知归巢，因兴中原辽远之归思。⑮初月：新月。⑯争光：与之比试光辉。《淮南子·说山训》："日出星不见，不能与之争光也。"⑰羁旅：客居异乡的人。

译文

黄昏时分暮色苍茫，夕阳的余晖斜照在我身上。一路风雨兼程，历尽千山万水，终于到达了天府繁盛之地。只是遇到的都是陌生人新面孔，不知何时再见到故乡的亲人。大江浩荡东流去，客居异乡的漂泊岁月会遥遥无期。成都城内华屋高竿、楼宇林立，寒冬时节仍树木苍翠。人声鼎沸的大都市繁华热闹，歌舞升平的音乐不绝于耳。这华美的都市生活让我无所适从，只好侧身遥望，让思绪越过川梁，飞到故乡。将近暮色，鸟雀归巢，战火未平的中原音信渺茫。遥望天空，一弯新月洒清辉，繁星闪烁与月争辉。客居异乡自古有之，我又何苦独自哀愁悲伤？

赏析

这首五言古诗，是杜甫由同谷赴西川途中所写的十二首纪行组诗的末篇。唐肃宗乾元二年（公元759年）十二月一日，诗人举家从同谷出发，艰苦跋涉，终于在年底到达成都，因有此作。本诗真实地表达了诗人初到成都时喜忧交错的情感，风格古朴浑成，有汉魏遗风。

抒情的深婉含蓄是这首诗最大的特色，诗中喜忧两种感情掺和交融，内心变化微妙，曲折尽致。杜甫举家远徙，历尽艰辛，为的是寻找一块栖身之地，如今来到富庶繁华的成都，"我行山川异，忽在天一方"，眼前展开的新天地，给了他新的生活希望，欣慰之感溢于言表。"但逢新人民，未卜见故乡"，快慰之情刚生，马上又想到了梦魂萦绕的故乡，何时再见未可预卜，但见大江东去，他自己只能做长年漂泊的游子了。接下来写成都的繁华及气候的温和，又转悲为喜。但成都虽美，终非故土，鸟雀天黑犹各自归巢，而茫茫中原，关山阻隔，他不知道自己何日才能回去。因此诗人又陷入了痛苦之中。当时中原州郡尚陷于安史叛军之手，一句"中原杳茫茫"，包含着诗人深沉的忧国伤时之情。诗人遥望星空愁思怅惘，最后只能以自慰之语作结。全诗写喜，并不欣喜若狂；诉悲，也不声泪俱下，寓含着一股喜忧交错的复杂的感情潜流，读者从中可充分领略到杜甫沉郁顿挫的诗歌风范。

成都府，为古代行政区划，唐肃宗至德二年（公元 757 年）始设，两宋延续之；元朝改为成都路，明初洪武四年（公元 1371 年）复为成都府，清代延续至民国初。1928 年设成都市，为四川省省会。唐代诗人陈子昂在《上蜀川军事书》一文中说成都是国家最富有的地方，"实天府之藏也"。唐人卢求在《成都记序》中将成都的繁华富丽表现得淋漓尽致："大凡今之推名镇为天下第一者，曰扬、益"，益州成都府"人物繁盛，悉皆土著。江山之秀，罗锦之丽，管弦歌舞之多，伎巧百工之富……孰较其要妙，扬不足以侔（侔：móu，相等、齐。）其半"。可见，成都府在唐代是一个经济高度发达的都市。

成都曲

望海潮

宋·柳永

东南形胜，三吴①都会，钱塘②自古繁华。烟柳画桥，风帘翠幕，参差③十万人家。云树绕堤沙。怒涛卷霜雪，天堑无涯。市列珠玑④，户盈罗绮，竞豪奢。

重湖叠巘清嘉⑤，有三秋⑥桂子，十里荷花。羌管⑦弄晴，菱歌泛夜，嬉嬉钓叟莲娃⑧。千骑拥高牙⑨，乘醉听箫鼓，吟赏烟霞。异日图将好景，归去凤池⑩夸。

注释

①三吴：说法不一，《水经注》以吴兴、吴郡、会稽为"三吴"，在这里泛指江浙一带。②钱塘：今浙江省杭州市，当时属吴郡。③参差：房屋楼阁高低不齐。④珠玑：泛指珍贵的商品。⑤重湖：以白堤为界，西湖分为里湖和外湖，所以也叫重湖。巘（yǎn）：大山上之小山。⑥三秋：秋季。⑦羌（qiāng）管：羌笛，这里泛指乐器。⑧嬉嬉：欢乐快活的样子。莲娃：采莲的姑娘。⑨千骑：形容州郡长官出行时随从众多。⑩凤池：全称凤凰池，对中书省的美称，此处指朝廷。

译文

繁华富庶的杭州自古以来就是江南形胜之地，也是三吴的都会。城中处处可见翠色如烟的柳树、雕梁画栋的小桥、五彩华美的帘幕、错落有致的楼阁和千门万户的人家。钱塘堤岸，古树成行高耸入云。

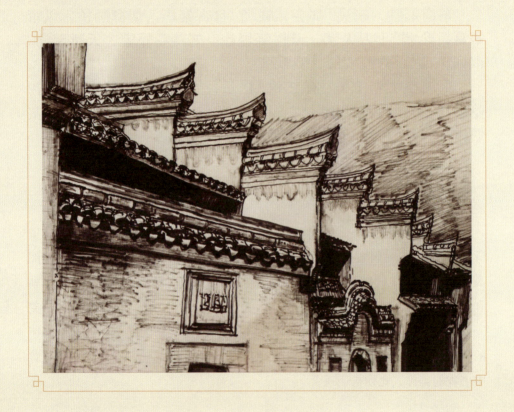

江面浩渺，潮水澎湃波浪滔滔。市场上珠玉珍宝琳琅满目，家家户户满庭绫罗绸缎，竞相攀比奢华。

西湖秀美，山峦起伏。秋天桂花飘香，夏季荷花十里。昼夜不停的羌笛声和采菱歌，在晴空飘扬，在月夜荡漾。钓鱼的老翁怡然自得，采莲的姑娘喜笑颜开。千名骑兵簇拥着长官缓缓而来，酒饮微醺，欣赏着箫鼓管弦；吟诗作词，歌咏着水色山光。他日定把西湖美景描绘，献予朝廷并向同僚夸。

赏析

柳永（约987—约1053），字耆卿，原名三变，福建崇安人。因排行第七，又称柳七。北宋著名词人，婉约派代表词人。

此词上阕主要描绘钱塘的"形胜"与"繁华"，浓墨重彩、气象万千。下阕侧重描绘西湖的美景和富庶的生活。此词在宋代广为流传，据说金国国主完颜亮听了此歌，对有"三秋桂子，十里荷花"的中国东南大都会念念不忘，遂兴起投鞭渡江之志而发兵南征。

本词以清新的笔墨、铺陈的手法，从不同角度描绘杭州景象。钱江潮的壮观，西湖的美景，杭州的繁华富庶，都一一呈现在词人的笔下。全词结构严谨，层次分明，语言凝练，有极强的艺术魅力。

杭州，今浙江省省会杭州市，曾是吴国、越国和南宋的都城。苏杭地区是吴文化的中心，隋朝京杭大运河开通后，苏州和杭州因此而繁盛。杭州在南宋时为临安府，南宋王朝积极促进海上丝绸之路，据中外专家考证，杭州在当时是世界上最大的都市，人口在 150 万以上，西湖也在当时大力营建，有皇家园林性质。"上有天堂，下有苏杭"这句谚语就诞生于宋时代，可见当时苏杭的繁华。

忆江南

忆扬州

唐·徐凝

萧娘①脸薄难胜泪,桃叶②眉长易觉愁。

天下三分明月夜,二分无赖③是扬州。

 注释

①萧娘:南朝以来,诗词中的男子所恋的女子常被称为萧娘,女子所恋的男子常被称为萧郎。②桃叶:晋代王献之的爱妾,后人常用于指代思念的佳人。③无赖:可爱、可喜意。陆游诗:"江水不胜绿,梅花无赖香。"本意是可爱,反说它无赖,无赖正是爱惜的反话。

 译文

离别总让人黯然神伤,难忘记你泪眼低垂、愁眉不展的模样。如果说天下的明月有三分光华,那可爱的扬州啊,你竟然占去了两分。

  赏析

徐凝,唐代诗人,浙江睦州人,生卒年均不详。善写绝句,文笔朴实有味。代表作有《忆扬州》《奉酬元相公上元》等。

这首七言绝句是一首怀人之作。诗歌前两句"萧娘脸薄难胜泪,桃叶眉长易觉愁",用白描的手法勾勒出离别的场景。所谓"相见时难别亦难","萧娘""桃叶"均代指所思;分别的时候没有千言万语,没有泪洒千行,此时此刻泪水"难胜"和眉头"易愁"的无声都化作别离后无穷的思念。后两句"天下三分明月夜,二分无赖是扬州",诗人心中惆怅无人可诉,抬头望月,而此月偏偏又是当时扬州照人离别之月,更加助愁添恨。诗歌的后两句是诗歌史上的名句,诗人把扬州明月写到了出神入化的地步,"无赖"之"明月",把扬州装点出无限的风姿,与《忆扬州》的标题吻合无间,使人无限向往扬州的美好。"无赖"明月成了扬州的标志,这两句诗也成为描绘唐代繁华扬州的绝唱。本诗构思巧妙,遣词造句出神入化,堪称唐诗中的精品。

扬州,历史文化名城,隋唐时号称全国第一大都市,为南北水陆交通枢纽,是对外贸易的重要商埠。这里百货聚集,"多富商大贾,珠翠珍怪之产"(《旧唐书·苏瓌传》),商业高度发达,是唐代最为繁华的都市之一。唐人卢求在《成都记序》甚至将扬州推为天下第一:"以扬为首,盖声势也。"(见《全唐文》卷七四四)宋代学者洪迈在《容斋随笔》卷九中对唐代扬州的盛况也有过这样的描述:"唐世盐铁转运使在扬州,尽斡利权,判官多至数十人,商贾如织,故谚称'扬一益二',谓天下之盛,扬为一而蜀次之也。"随着商业文化的发达,扬州也成为当时最著名的消费城市,被人称为"销金锅子"。

送人游吴

唐·杜荀鹤

君到姑苏见①，人家尽枕河②。

古宫闲地少③，水港小桥多④。

夜市卖菱藕，春船载绮罗⑤。

遥知未眠月⑥，乡思在渔歌⑦。

注释

①姑苏：苏州的古名。②枕河：房屋建在河边，部分架在河面上。③古宫：春秋时吴国王宫。这里借指姑苏。闲地少：人烟稠密，屋宇相连。④水港：流经城市的小河。一作"水巷"。⑤绮罗：华贵的丝织品或丝绸衣服。一说此处是贵妇、美女的代称。⑥未眠月：不能成眠的月夜。⑦乡思：怀乡之思。渔歌：渔人唱的民歌小调。

译文

你到姑苏城就会发现，当地人家的房屋都临河而建。城内处处河道纵横，小桥遍布，闲置之地少有。集市上叫卖菱藕的声音在夜空中回荡，游船上人们衣着华丽歌舞升平。我知道远方的你会在这月明不眠之夜，把对我的思念寄托在声声渔歌中。

诗画建筑
——诗词里的建筑之美

230

赏析

杜荀鹤（846—904），字彦之，号九华山人，池州石埭（今安徽石台）人，晚唐诗人。其诗自成一家，尤长于宫词，诗风朴实平易，如话家常。

这是一首五言律诗，前四句凸显了江南"小桥流水人家"的水乡特色。历代描写苏州城建筑特色的，以唐代杜荀鹤《送人游吴》的开头两句最为著名。苏州是名副其实的水城，城内河网交错，小桥众多，闲地极少，五、六句"夜市"和"春船"的组合写出了姑苏城的繁荣热闹。最后两句诗人设想离别后的情景，照应诗题，道出送别之意。本诗构思匠心耐人寻味。

姑苏，今江苏省苏州市，位于江苏省东南太湖之滨，长江三角洲中部，是中国著名的历史文化名城。公元前514年，吴王阖闾命大臣伍子胥在此筑城建都，迄今已有2500余年的历史。苏州古称吴，现简称苏，拥有姑苏、平江、吴都、东吴、句吴、吴中、吴下、吴门、吴州、吴郡、长洲、茂苑等多个古称和别称。隋文帝开皇九年（公元589年）始定名为苏州，以城西南的姑苏山得名，沿称至今。苏州素来以山水秀丽、园林典雅而闻名天下，有"江南园林甲天下，苏州园林甲江南"的美称，并有"人间天堂"的美誉。

苏州在春秋时期是吴国的政治中心；西汉武帝时为江南政治中心和经济中心，司马迁称为"江东一都会"（司马迁《史记·货殖列传》）；宋时，全国经济重心南移，陆游称为"苏常（州）熟，天下足"（陆游《奔牛水闸记》），宋人进而美誉为"上有天堂，下有苏杭"，"风物雄丽为东南冠"；明清时期又成为"衣被天下"的全国经济文化中心之一；曹雪芹在《红楼梦》中誉称苏州"最是红尘中一二等富贵风流之地"。

姑苏怀古

邯郸

近代·郑珍

尽说邯郸歌舞场，客车停处草遮墙①。

少年老去才人嫁②，独对春城看夕阳③。

①客车：在外旅行的车。②才人：嫔妃的称号，始设于晋武帝。③春城：春天的城，指邯郸。

都说邯郸曾是繁华热闹的歌舞场，可现在客人车子的停放地已被荒草遮住了墙。我是如此的不得志，夕阳残照，只见邯郸城满目荒凉。

郑珍（1806—1864），字子尹，晚号柴翁，贵州遵义人，有《巢经巢集》，晚清宋诗派代表作家。多有反映民间疾苦、揭露官吏罪行的诗作。

这首诗作于道光十五年乙未（公元1835年），作者北上应试，傍晚时途经河北邯郸所作。邯郸是战国时赵国建都之地，当时极为繁华。昔日繁华歌舞场，今朝荒芜草遮墙。鲜明的历史对照中，流露出作者对沧海桑田的慨叹。"少年老去才人嫁"，是诗人对自己命运的委婉叹息。春城正在坠落的"夕阳"，象征着江河日下。此诗沉郁悲凉，颇有杜诗风味。

邯郸，古都邑、县名，故址在今河北省邯郸市，战国、秦、汉时为黄河北岸最大商业中心。战国时期，邯郸作为赵国都城达 158 年之久，是我国北方的政治中心、经济中心和文化中心。汉代与洛阳、临淄、南阳及成都共享"五大都会"盛名，是黄河北岸最大商业中心。

九重宫阙参差见，百二山河表里观

主题九 宫阙

九重宫阙参差见，百二山河表里观

宫阙是指古时帝王所居住的宫殿。因宫门外有双阙，故称宫阙。宫殿建筑气势恢宏、巍峨壮观，为传统建筑之精华。

历史上秦王朝的阿房宫，桂殿兰宫豪华精巧，朱楼翠阁参差错落。"五步一楼，十步一阁。廊腰缦回，檐牙高啄。各抱地势，钩心斗角。"杜牧的《阿房宫赋》，可谓集宫殿描写之大成。

"九天阊阖开宫殿，万国衣冠拜冕旒。"大明宫是大唐帝国的王宫，被誉为千宫之宫、丝绸之路的东方圣殿，是当时世界上规模最宏大、规制最严整、最辉煌壮丽的宫殿群。由于战乱频仍，大明宫最终沦为废墟，只可惜"宫阙万间都做了土"。

"金碧辉煌紫禁城，红墙宫里万重门。"故宫是明清两代的皇家宫殿，它是中国现存最大、最完整的古建筑群，被称为"殿宇之海"气魄宏伟，极为壮观。

九重宫阙参差见，百二山河表里观。让我们穿越历史烟云，去感受富丽堂皇的宫阙传奇，去品味色彩斑斓的壮美诗篇。

和贾至舍人早朝大明宫之作①

唐·王维

绛帻鸡人报晓筹②,尚衣方进翠云裘③。

九天阊阖开宫殿④,万国衣冠拜冕旒⑤。

日色才临仙掌动⑥,香烟欲傍衮龙浮⑦。

朝罢须裁五色诏⑧,佩声归到凤池头⑨。

注释

①和:和诗,是用来和答他人诗作的诗,依照别人诗词的格律或内容作诗词。可和韵,可不和韵。舍人:中书舍人,时贾至任此职。②绛帻(jiàng zé):用红布包头似鸡冠状。鸡人:古代宫中,于天将亮时,有头戴红巾的卫士,于朱雀门外高声喊叫,好像鸡鸣,以警百官,故名"鸡人"。晓筹:更筹,夜间计时的竹签。③尚衣:官名。隋唐有尚衣局,掌管皇帝的衣服。翠云裘(qiú):饰有绿色云纹的皮衣。④九天:极言天之崇高广阔。古人认为天有九野、九重。此处借指帝宫。阊阖(chāng hé):天门,此处指皇宫正门。⑤衣冠:文武百官。冕旒(miǎn liú):古代帝王、诸侯及卿大夫的礼冠。旒:冠前后悬垂的玉串,天子之冕十二旒。这里指皇帝。⑥仙掌:掌为掌扇之掌,也即障扇,宫中的一种仪仗,用以蔽日障风。⑦衮(gǔn)龙:犹卷龙,指皇帝的龙袍。浮:袍上锦绣光泽的闪动。⑧裁:拟写。五色诏:用五色纸所写的诏书。⑨凤池:凤凰池。

译文

清晨头戴红巾的卫士在宫门传更报晓,尚衣官员向天子进上绣着翠云的皮衣。参差层叠的宫殿大门如九重天门迤逦打开,异邦万国的使臣朝见天子威武庄严。蔽日的障扇在晨曦照耀下起伏闪耀。御炉里香烟袅袅,缭绕着天子的龙袍浮动升腾。早朝后伴着环佩声响中书舍人回归中书省,在凤池用五色彩纸拟写皇上的诏书。

赏析

《和贾至舍人早朝大明宫之作》是一首七言律诗。诗一开头,诗人就选择了"报晓"和"进翠云裘"两个细节,显示了宫廷的庄严肃穆,给早朝制造气氛。"鸡人"送"晓筹"报晓,则突出了宫中的"肃静"。"进"字前着一"方"字,表现宫中官员各遵职守,工作有条不紊。

中间四句正面写早朝。诗人以概括叙述和具体描写,表现场面的宏伟庄严和帝王的尊贵。层层叠叠的宫殿大门如九重天门迤逦打开。异邦万国的使节拜倒丹墀,朝见天子威武庄严。以九天阊阖喻天子住处,大笔勾勒了"早朝"图的背景气势非凡。"万国衣冠拜冕旒",标志大唐鼎盛的气象。在"万国衣冠"之后着一"拜"字,利用数量上的众与寡、位置上的卑与尊的对比,突出了大唐帝国的威仪和大唐皇帝的尊贵。

如果说颔联是从大处着笔,那么颈联则是从细处落墨。大处见气魄,细处显尊严,两者互相补充相得益彰。日光才临,仙掌即动,"临"和"动",充分显示皇帝的娇贵。"傍"字写飘忽的轻烟,颇见情态。"香烟"照应贾至诗中的"衣冠身惹御炉香"。作者通过仙掌挡日、香烟缭绕制造了一种皇廷特有的雍容华贵氛围。

"朝罢"之后,皇帝自然会有事诏告,所以贾至要到中书省的所在地凤池去用五色彩纸起草诏书了。"佩声"是以身上佩戴的饰物发出的声音代人,不言人而言"佩声",于"佩声"中藏人的行动,使"归"字产生具体生动的效果。

这首诗写了早朝前、早朝中、早朝后三个阶段,写出了大明宫早朝时庄严华贵的气氛和皇帝的威仪,同时也暗示了贾至的深受重用。此诗注重细节描写和场景渲染,造语堂皇,别具特色。

大明宫,大唐帝国的王宫,是唐朝的政治中心和国家象征,位于唐都城长安(今陕西西安)北侧的龙首原。始建于唐太宗贞观八年(公元634年),原名永安宫,是唐长安城三座主要宫殿"三大内"(大明宫、太极宫、兴庆宫)中规模最大的一座,称为"东内"。自唐高宗起,先后有17位唐朝皇帝在此处理朝政,历时达200余年。

大明宫是当时世界上规模最宏大、规制最严整、规划最具特色的建筑群,也是最辉煌壮丽的宫殿群,其建筑形制影响了当时东亚地区的多个国家宫殿的建设。大明宫占地约3.2平方千米,是明清北京紫禁城的4.5倍,被誉为千宫之宫、丝绸之路的东方圣殿。唐昭宗乾宁三年(公元896年),大明宫毁于唐末战乱。

诗画建筑
——诗词里的建筑之美

早朝大明宫①

唐·贾至

银烛熏天紫陌长②,禁城春色晓苍苍③。

千条弱柳垂青琐④,百啭流莺满建章⑤。

剑佩声随玉墀步⑥,衣冠身惹御炉香⑦。

共沐恩波凤池上⑧,朝朝染翰侍君王⑨。

注释

①早朝:臣子早上朝见皇上。②银烛:蜡烛,有银饰的烛台。此指百官早朝时擎的灯火。熏天:一作"朝天"。天:代表皇帝。朝见皇帝称为"朝天"。紫陌:紫红泥铺的路,指京城长安的路。③禁城:宫城。④青琐:皇宫门窗上的装饰,代指宫门。⑤百啭:鸣声婉转多样。建章:汉代宫名,代指大明宫。⑥剑佩:宝剑和玉佩。玉墀(chí):宫殿前的石阶。亦借指朝廷。⑦御炉:御用的香炉。⑧凤池:即凤凰池,在大明宫内,中书省所在地。上:一作"里"。⑨朝(zhāo)朝:天天、每天。染翰(hàn):写文章。翰:笔。

译文

银烛照耀着京城长安的漫漫长路,紫禁城中天色苍苍,春意盎然。千缕柳枝迎风飘荡轻拂着禁宫门,上百只黄莺婉转的鸣声绕着建章宫。踏上玉石铺就的台阶,文武官员鱼贯上朝,身上的佩剑和佩玉发出轻响,衣冠上沾染了御香炉里散发出的檀香。站在凤凰池上的臣子们沐浴着浩荡皇恩,日日起草诏令侍候君王。

贾至(718—772),字幼邻,一作幼几,洛阳(今属河南)人。唐代官员,诗人。初为单父尉,唐肃宗时为中书舍人,出为汝州刺史,因事贬岳州司马,后官至右散骑常侍。

《早朝大明宫》是描写百官上朝场面的一首七言律诗,第一联描写扣住一个"早"字,第二联描写大明宫的景色,第三联描写百官上殿朝见的情况,第四联是表达感恩效忠的话。这首诗将皇宫豪华的气派以及百官上早朝时严肃隆重的场面写得活灵活现,政治色彩很浓。

台城

唐·刘禹锡

台城六代竞豪华①,结绮临春事最奢②。

万户千门成野草③,只缘一曲《后庭花》④。

注释

① 六代:六朝,指建都在金陵(今江苏南京)的吴、东晋、宋、齐、梁、陈六个朝代。豪华:犹言铺张奢侈。②结绮临春:结绮阁和临春阁,陈后主(叔宝)建造的两座穷极奢华的楼阁。③万户千门:形容屋宇深广。④只缘:只因为。《后庭花》:本名《玉树后庭花》,南朝陈后主作。其辞轻荡,而其音甚哀,故后多用以称亡国之音。

译文

六朝帝王争相竞逐豪奢,南朝陈后主的结绮阁、临春阁极尽奢华,南朝灭亡只因一曲亡国之音《玉树后庭花》。盛景不在,繁华成空,如今千门万户野草丛生。

赏析

《台城》是一首七言怀古绝句,此诗以六朝帝王起居临政的地方台城为题,通过对陈后主奢侈荒淫生活和六朝繁华景象转瞬即逝的描写,总结了一代兴亡的教训,寄托了吊古伤今的无限感慨,体现了诗人忧国忧民之情。

首句总写台城综言六代。"台城六代竞豪华",使人联想到当年的金陵王气。"豪华"之前着一"竞"字,直贯六朝三百多年的历史及先后登基的近四十位帝王。六朝君王对奢侈豪华生活的追求,更使台城奢华无比。

第二句在画面上突出了结绮、临春两座凌空高楼。"事最奢"是承上"豪华"而发的议论,一个"最"字表明台城之奢华已达到登峰造极的地步。

第三句承上启下,今昔对比。眼前野草丛生,满目疮痍,与当年"万户千门"的繁华景象形成鲜明的对比。一个"成"字,给人以转瞬即逝之感。数百年前的盛景,似乎一下子就变成了野草。

结句诗人含蓄点明主旨,在"万户千门成野草"的凄凉情景中,营造了一种隐约可闻乐曲《玉树后庭花》在空际回荡的氛围。这乐曲引人联想到当年翠袖红毡轻歌曼舞的场面,不禁使人对这一幕幕历史悲剧发出深沉的感叹。

台城,六朝时的禁城。旧址在今江苏省南京市鸡鸣山山南,原是三国时期吴国的后苑城,东晋成帝时改建。从东晋到南朝结束,这里一直是朝廷台省(中央政府)和皇宫所在地,既是政治中枢,又是帝王荒淫享乐的场所。中唐时期,昔日繁华的台城已是"万户千门成野草"(刘禹锡《台城》);到了唐末已荒废。宋洪迈《容斋续笔·台城少城》:"晋宋间谓朝廷禁省为台,故称禁城为台城。"历代文人墨客到金陵都会到台城去凭吊一番,留下了很多脍炙人口的关于台城的诗句。

台城

行宫

唐·元稹

寥落古行宫①，宫花寂寞红②。

白头宫女在③，闲坐说玄宗④。

注释

①寥（liáo）落：寂寞冷落。行宫：皇帝在京城之外的宫殿。这里指当时东都洛阳的皇帝行宫上阳宫。②宫花：行宫里的花。③白头宫女：据白居易《上阳白发人》，一些宫女天宝末年被"潜配"到上阳宫，在这冷宫里幽闭四十多年，成了白发宫女。④说：谈论。玄宗：指唐玄宗。

译文

空寂冷落的古行宫里，百花盛开红花争艳无人赏。幽闭多年无人问、白发频添寂寞冷的宫女们无聊闲坐，回顾着玄宗往事。

赏析

元稹（779—831），字微之，河南（今河南洛阳）人，唐朝著名诗人。与白居易共同倡导"新乐府"运动，世称"元白"。

《行宫》是唐代诗人元稹创作的五言绝句。这首诗表现了古行宫中宫女的哀怨，抒发了诗人深沉的盛衰之感。首句指明地点，古行宫；第二句暗示时间，宫中红花盛开之季；第三句交代人物，白头宫女；末句描写动作，闲坐说玄宗。二十个字构筑了一幅生动形象的图画。这些美丽的宫女被禁闭在这冷落的古行宫之中，年复一年，红颜憔悴白发频添，她们与世隔绝闲坐无聊，只能回顾天宝时代玄宗遗事，此景此情好不凄绝。

本诗以乐景衬哀情，增强了诗歌的感染力。用盛开的红花和寥落的行宫相映衬，加强了时移世迁的盛衰之感；用春天的红花和宫女的白发相映衬，表现了红颜易老的人生感慨；用红花美景与凄寂心境相映衬，突出了宫女被禁闭的哀怨情绪。这首绝句言简意赅却又含蓄隽永，历史沧桑感尽在不言中，历来评价很高。

行宫，古代京城之外供帝王出行时居住的宫室，这里指当时东都洛阳的皇帝行宫上阳宫。南临洛水，北连禁苑，地处洛阳皇城西南、地处宫城（紫微城）之西，故也称"西宫"，是唐朝规模最大的宫殿群，是唐代重要的宫廷政治活动场所。上阳宫是唐高宗李治在东都洛阳时修建的，上元年间，唐高宗在此处理朝政。公元705年，武则天被唐中宗逼迫退位，之后就居住在上阳宫直至年底驾崩。唐玄宗时在上阳宫举行宴会。安史之乱时，上阳宫被严重破坏。此后上阳宫逐渐荒废，唐德宗时废弃。

连昌宫词

唐·元稹

连昌宫中满宫竹，岁久无人森似束。①
又有墙头千叶桃，风动落花红簌簌。②
宫边老翁为余泣："小年进食曾因入。③
上皇正在望仙楼，太真同凭阑干立。④
楼上楼前尽珠翠，炫转荧煌照天地。⑤
归来如梦复如痴，何暇备言宫里事！⑥
初届寒食一百六，店舍无烟宫树绿。⑦
夜半月高弦索鸣，贺老琵琶定场屋。⑧
力士传呼觅念奴，念奴潜伴诸郎宿。⑨
须臾觅得又连催，特敕街中许燃烛。⑩
春娇满眼睡红绡，掠削云鬟旋装束。⑪
飞上九天歌一声，二十五郎吹管笛。⑫
逡巡大遍凉州彻，色色龟兹轰录续。⑬
李谟压笛傍宫墙，偷得新翻数般曲。⑭
平明大驾发行宫，万人歌舞途路中。⑮

百官队仗避岐薛，杨氏诸姨车斗风。⑯
明年十月东都破，御路犹存禄山过。⑰
驱令供顿不敢藏，万姓无声泪潜堕。
两京定后六七年，却寻家舍行宫前。⑱
庄园烧尽有枯井，行宫门闭树宛然。⑲
尔后相传六皇帝，不到离宫门久闭。⑳
往来年少说长安，玄武楼成花萼废。㉑
去年敕使因斫竹，偶值门开暂相逐。㉒
荆榛栉比塞池塘，狐兔骄痴缘树木。㉓
舞榭欹倾基尚在，文窗窈窕纱犹绿。㉔
尘埋粉壁旧花钿，乌啄风筝碎珠玉。㉕
上皇偏爱临砌花，依然御榻临阶斜。
蛇出燕巢盘斗拱，菌生香案正当衙。㉖
寝殿相连端正楼，太真梳洗楼上头。
晨光未出帘影动，至今反挂珊瑚钩。
指似旁人因恸哭，却出宫门泪相续。㉗
自从此后还闭门，夜夜狐狸上门屋。"
我闻此语心骨悲，"太平谁致乱者谁？"

翁言:"野父何分别,耳闻眼见为君说。

姚崇宋璟作相公,劝谏上皇言语切。㉘

燮理阴阳禾黍丰,调和中外无兵戎。㉙

长官清平太守好,拣选皆言由至公。

开元之末姚宋死,朝廷渐渐由妃子。

禄山宫里养作儿,虢国门前闹如市。

弄权宰相不记名,依稀忆得杨与李。㉚

庙谟颠倒四海摇,五十年来作疮痏。㉛

今皇神圣丞相明,诏书才下吴蜀平。

官军又取淮西贼,此贼亦除天下宁。

年年耕种宫前道,今年不遣子孙耕。"

老翁此意深望幸,努力庙谟休用兵。㉜

注释

①森似束:竹子稠密,如同扎成一束束的。森:密集的样子。②千叶桃:碧桃。簌簌(sù sù):花纷纷落下貌。③小年:少年时期。④上皇、太真:指唐玄宗与杨贵妃。望仙楼:本在华清宫,此是作者的想象。⑤炫转荧煌:五彩缤纷。⑥备言:说尽。⑦寒食:冬至后的一百零五天为寒食节。唐俗在寒食节到清明节期间禁火,共三天。一百六:指寒食节的第二天。⑧贺老:

指玄宗时以善弹琵琶闻名的一个艺人,名贺怀智。定场屋:今"压场"意。唐人称戏场为场屋。⑨念奴:天宝中名娼。诸郎:侍卫或其他艺人。⑩特敕:因禁火,故特许燃烛。⑪掠削:稍理一下。旋装束:马上就装束停当。⑫九天:宫中。二十五郎:邠王李承宁善吹笛,排行二十五。吹管笛:吹管伴奏。⑬逡巡:节拍舒缓貌。大遍:相当于"一整套(曲子)"的意思。凉州:曲调名。彻:完了、终了。色色龟(qiū)兹:各种龟兹乐曲。龟兹:西域古国。轰录续:陆续演奏。⑭压笛:按笛。⑮大驾:皇帝的车驾。⑯队仗:仪仗队。岐薛:唐玄宗弟岐王李范、薛王李业。(两人皆死于开元年间,这是诗人的误记。)杨氏诸姨:杨贵妃的三姐姐,被唐玄宗封为韩国、虢国、秦国三夫人。斗风:形容车行快。⑰东都破:安禄山占洛阳。过:指安禄山叛军沿途所造成的破坏。⑱两京:西京长安与东京洛阳。⑲门:一作闼,指门中小门。⑳六皇帝:唐玄宗之后肃宗、代宗、德宗、顺宗、宪宗、穆宗,前后共六位天子。㉑玄武:唐德宗时建。花萼:唐玄宗时建。㉒斫:砍。㉓栉比:像梳齿一样紧挨在一起。㉔文窗:雕有花纹的窗子。窈窕:深貌。㉕花钿:金属花片,妇女饰物。风筝:此指一种檐鸣器。㉖衙:正门。㉗指似:同指示。㉘姚崇宋璟:皆开元(713—741)年间贤相。㉙燮理:调和。阴阳:代指社会秩序。㉚杨与李:杨国忠、李林甫。㉛庙谟:朝廷大计。疮痍:诗中指国家混乱的局势。㉜深望幸:深深希望皇帝临幸东都。

译文

连昌宫连年无人管理,乱竹丛生,碧桃空长,落花满地,一片荒芜。住在连昌宫旁的老人向我哭诉:"少年时曾因向皇帝进贡食物而入宫,见唐玄宗正在望仙楼和贵妃倚栏而立。宫女们头戴珍珠翡翠盛装丽服,光彩闪烁照耀天地。见此景老人如梦如痴激动万分,不能从容详尽诉说宫中之事。当时正值寒食节的第二天,城里的店舍都不见炊烟,只有宫边的树木翠绿如常。夜半时分月亮高悬,宫中传出了琴弦的鸣声，原来是贺怀智技压全场的琵琶声。高力士传唤寻找名娼念奴，让念奴随从皇帝的侍卫进宫献歌。片刻后找到又接连催促，特别下令街上准许燃起烛火。红纱帐里的念奴满眼娇红睡意浓，梳理头发整顿装束。朱唇一启开口唱，歌声嘹亮宫中传扬，邠王李承宁的笛声响彻云霄。整套的凉州曲调演奏末了，各种龟兹乐曲连番表演。吹笛少年李谟靠着宫墙，偷学玄宗新翻乐曲。拂晓时分皇帝的车驾回行宫，万人夹道歌舞相迎。百官的仪仗队避开岐王和薛王，杨贵妃姐姐的车队行进迅速。第二年十月洛阳被攻破，御用的道路还在，安禄山的军队经过。强迫供应食宿不敢有私藏，百姓们眼泪暗暗流淌。西京长安和东京洛阳收复后六七年，却寻家舍在行宫前。后来相传的六位皇帝不曾来到连昌宫，宫门久闭荒芜不堪。听来往的少年说起长安，知道了玄武楼建成，花萼楼荒废。去年使者奉皇命来连昌宫砍竹子，偶尔遇上门正开。杂草丛生遍布池塘，狐狸、兔子绕树奔跑，舞榭倾斜地基还在，雕有花纹的窗子幽深泛绿。尘土埋没了粉壁和已陈旧的饰物。鸟儿啄着挂在檐棱间的铃铎，发出碎玉般的声音。玄宗皇帝偏爱台阶前的花草，坐具靠近台阶斜坡。蛇燕巢穴盘绕在斗拱之上，香案腐朽菌蕈遍布。寝殿相连的端正楼是杨贵妃梳洗的地方。晨光未出，室内影移人动，珊瑚帘钩今仍在。指示旧物给宫人，睹物触到伤心处，退出宫门眼泪横流。此后宫门不再开，晚上狐狸窜上屋。"

听了老人此番话，心里悲伤忙问道："太平盛世谁开创，混乱局面谁造成？"老人说："乡野老人哪能知？耳闻目见跟你谈。姚崇宋璟做宰相，言语恳切谏皇帝。协助皇帝理政务，调和中外无战事，天下太平五谷丰。官员执政清正为公，人才选用举贤任能。开元末年姚崇宋璟相继离世，朝廷渐渐由贵妃操纵。安禄山被杨贵妃养做义子，出入宫廷无所禁忌。虢国夫人倚势弄权，钻营者门庭若市。当时弄权宰相依稀记得是杨国忠和李林甫。专权误国四海飘摇，民生凋敝五十载。

当今皇帝圣明，丞相公正，下达诏书平叛乱。官军又镇压淮西节度使叛乱，此贼除去天下安宁。我年年耕种宫前土地，今年不叫子孙宫前耕。"殷切地盼望当今皇帝安定社稷不再用兵。

赏析

《连昌宫词》是唐代诗人元稹创作的长篇叙事诗。这首诗通过一个老人之口叙述连昌宫的兴废变迁，反映了唐朝自唐玄宗时期至唐宪宗时期的兴衰历程，探索了安史之乱前后朝政治乱的缘由，表现了人民对再现升平、重开盛世的向往和希望国家长治久安的强烈愿望。此诗语言丰富，形象鲜明，叙事生动，笔触细腻，是"新乐府"的代表作品之一，也是唐诗中的长诗名篇之一。

诗分两段，从开头到"夜夜狐狸上门屋"为第一段，写连昌宫的今昔变迁。从"我闻此语心骨悲"到末尾为第二段，通过作者与老人的一问一答，探讨朝政治乱的因由。

开首六句，先写了连昌宫中乱草丛生、落花遍地的幽深衰颓之景，以此引出宫墙外啜啜而泣的老翁。接着以老翁的口吻，述说了连昌宫昔日的繁华盛景。寒食佳节，民间烟火禁绝；宫内却灯火辉煌，歌舞升平，望仙楼上明皇与杨妃相偎，念奴唱晚，邠王吹笛，贺翁琵琶舞，李谟暗偷曲，丝竹管弦之声不绝，万民夹道迎君之威犹在。但行文至此，诗人却笔锋斗转，一句"明年十月东都破"将笔触拉回现实，描绘了安史之乱后，连昌宫久闭，宫中灌木丛生、狐兔恣肆、榭阁倾颓，呈现一片萧疏荒败之景。

借繁华与荒败景象的强烈对比，诗人在第二段以问答的形式，探讨"太平谁致乱者谁"及朝政治乱的因由，盛赞了开元年间，君明臣贤的盛世，也揭示姚宋逝后，宠妃专权、奸相误国、外戚跋扈，终致烽火离乱的结局,之后笔锋一转,称赞唐宪宗的锐意改革,结句余韵悠长地点明主旨,希望朝廷任选贤良结束战乱,匡扶社稷还百姓一番安定。全诗字字恳切句句动情,读之喟然。

  连昌宫,又名兰昌宫、玉阳宫,是唐代皇家最大的行宫之一,建于隋朝大业年间(一说建于唐高宗显庆三年),故址在河南府寿安县(县治在今河南宜阳)西十九里。唐高宗李治、女皇武则天、唐玄宗李隆基都曾到此游玩。从隋朝大业年间初建,到唐代肃宗年间废弃,连昌宫见证了约150年的历史变迁,也留下了许多动人的传说。

过华清宫绝句三首（其一）

唐·杜牧

长安回望绣成堆①，山顶千门次第开②。

一骑红尘妃子笑③，无人知是荔枝来。

①绣成堆：骊山右侧有东绣岭，左侧有西绣岭。唐玄宗在岭上广种林木花卉，郁郁葱葱。②千门：形容山顶宫殿壮丽，门户众多。次第：依次。③红尘：策马疾驰时飞扬起来的尘土。妃子：贵妃杨玉环。

在长安回首远眺骊山，满眼郁郁葱葱翠色如锦。山顶上平日紧闭的华清宫重重宫门依次打开。骑马驿使风驰电掣飞驰而来，身后尘土飞扬弥漫山林，无人知道奔波千里传送荔枝只是为了博得贵妃一笑。

赏析

《过华清宫绝句》是杜牧的组诗作品，共三首，这是其中第一首。这首七绝借古讽今，选取了唐玄宗劳民伤财为杨贵妃供应荔枝的典型事件，深刻地讽喻了现实，表达了诗人对唐王朝最高统治者荒淫误国的愤慨之情。

北京南宫苑（二）其（北）

起句描写华清宫所在地骊山的景色。诗人从长安"回望"的角度来写,展现一个广阔深远的骊山全景:林木葱茏,花草繁茂;宫殿楼阁耸立其间,宛如团团锦绣。"绣成堆"语意双关,既指骊山两旁的东绣岭、西绣岭,又是形容骊山的美不胜收。接着展现出山顶上那座雄伟壮观的行宫。平日紧闭的宫门忽然一道接着一道缓缓地打开了。接下来,宫外一名专使骑着驿马风驰电掣般疾奔而来,身后扬起一团团红尘;宫内妃子嫣然而笑。诗人借咏送荔枝事件鞭挞了唐玄宗与杨贵妃穷奢极欲的奢靡生活,收到了见微知著的艺术效果。

华清宫,故址在今陕西省临潼区骊山北麓,是唐玄宗开元十一年(公元723年)修建的行宫,以温泉汤池著称。周、秦、汉、隋、唐等历代帝王在此修建离宫别苑。这里自周幽王修建骊宫至唐代几经营建,先后有"骊山汤""离宫""温泉宫"。李隆基诏令环山列宫殿,宫周筑罗城,赐名"华清宫",亦名"华清池"。安史之乱后,建筑残存无几。宋、元、明、清至民国逐渐衰败。新中国成立后,依照唐代形制几经扩建,始具现今规模。

题华清宫

阿房宫赋

唐·杜牧

六王毕，四海一①；蜀山兀，阿房出②。覆压三百余里，隔离天日③。骊山北构而西折，直走咸阳④。二川溶溶，流入宫墙⑤。五步一楼，十步一阁。廊腰缦回，檐牙高啄⑥。各抱地势，钩心斗角⑦。盘盘焉，囷囷焉，蜂房水涡，矗不知乎几千万落⑧。长桥卧波，未云何龙⑨？复道行空，不霁何虹⑩？高低冥迷，不知西东⑪。歌台暖响，春光融融⑫。舞殿冷袖，风雨凄凄⑬。一日之内，一宫之间，而气候不齐。

妃嫔媵嫱，王子皇孙，辞楼下殿，辇来于秦。朝歌夜弦，为秦宫人⑭。明星荧荧，开妆镜也⑮；绿云扰扰，梳晓鬟也；渭流涨腻，弃脂水也⑯；烟斜雾横，焚椒兰也⑰；雷霆乍惊，宫车过也；辘辘远听，杳不知其所之也⑱。一肌一容，尽态极妍，缦立远视，而望幸焉⑲。有不得见者，三十六年⑳。燕赵之收藏，韩魏之经营，齐楚之精英，几世几年，摽掠其人，倚叠如山㉑。一旦不能有，输来其间。鼎铛玉石，金块珠砾，弃掷逦迤，秦人视之，亦不甚惜㉒。

嗟乎！一人之心，千万人之心也㉓。秦爱纷奢，人亦念其家。奈何取之尽锱铢，用之如泥沙㉔？使负栋之柱，多于南亩之农夫㉕；架梁之椽，多于机上之工女；钉头磷磷，多于在庾之粟粒㉖；瓦缝参差，多于周身之帛缕；直栏横槛，多于九土之城郭㉗；管弦呕哑，多于市人之言语。使天下之人，不敢言而敢怒。独夫之心，日益骄固㉘。戍卒叫，函谷举㉙。楚人一炬，可怜焦土㉚！

呜呼！灭六国者，六国也，非秦也。族秦者，秦也，非

主题九 宫阙

257

天下也㉛。嗟乎！使六国各爱其人，则足以拒秦。秦复爱六国之人，则递三世可至万世而为君㉜，谁得而族灭也？秦人不暇自哀，而后人哀之；后人哀之而不鉴之，亦使后人而复哀后人也。

注释

①六王毕：六国灭亡了。六王：齐、楚、燕、韩、赵、魏六国的君王，即指六国。毕：完结，指为秦国所灭。一：统一。②蜀山兀，阿房出：四川的山光秃了，阿房宫出现了。兀：山高而上平。出：出现，意思是建成。③"覆压"二句：在三百余里的地面上，绵延着巨大的建筑群，其高墙峻宇，遮天蔽日。④骊山：在今陕西省临潼市东南。咸阳：今陕西省咸阳市东。⑤二川：指渭水和樊川。溶溶：水势盛大的样子。⑥廊腰缦回：走廊曲折，如缦带回环。廊腰：连接高大建筑物的走廊，好像人的腰部。檐牙高啄：屋檐尖耸，像禽鸟仰首啄物。檐牙：屋檐突出在外。⑦各抱地势：各随地形，这里写楼阁各随地势的高下向背而建筑的状态。钩心斗角：指宫室结构的参差错落，精巧工致。钩心：指各种建筑物都向中心区攒聚。斗角：指屋角互相对峙好像兵戈相斗。⑧盘盘焉，囷囷（qūn qūn）焉，蜂房水涡：盘旋，屈曲，像蜂房，像水涡。焉：相当于"然"，意为……的样子。楼阁依山而筑，所以说像蜂房，像水涡。矗不知乎几千万落：矗立着不知它们有几千万座。矗：高耸。⑨"长桥"二句：阿房宫有卧波长桥，似龙舞晴空。⑩复道：在楼阁之间架木筑成的通道。因上下都有通道，所以叫作复道。⑪冥迷：分辨不清。⑫"歌台暖响"二句：谓管弦急奏，台上呈现一种热闹的气氛，有如春光融融。⑬"舞殿冷袖"二句：人们在殿中舞蹈，舞袖飘拂，好像带来寒气，如同风雨交加那样凄冷。⑭"妃嫔媵嫱（pín yìng qiáng）"六句：谓六国灭亡，王族被掳到秦国；而其妃嫔媵嫱，则以色艺入选阿房宫，成为秦国宫

人。媵：古代贵族女子出嫁，有姬娣相随，称为媵。⑮明星荧荧，开妆镜也：（光如）明星闪亮，是（宫人）打开梳妆的镜子。荧荧：明亮的样子。⑯涨腻：涨起了（一层）脂膏。腻：含宫人胭脂、香粉的洗脸水。⑰椒兰：两种香料植物，焚烧以熏衣物。⑱辘辘远听：车声越听越远。辘辘：车行的声音。⑲一肌一容，尽态极妍：肌肤姿容都娇媚极了。态：指姿态的美好。妍：美丽。缦立：久立。幸：封建时代皇帝到某处，叫"幸"。⑳"有不得见者"二句：秦始皇在位三十六年。此意谓有的宫女终身未能见到皇帝。㉑收藏：指收藏的金玉珍宝等物。下文的"经营""精英"指金玉珍宝等物。摽（piāo）掠其人：从人民那里抢来。倚叠：积累。㉒鼎铛（chēng）玉石，金块珠砾：把宝鼎看作铁锅，把美玉看作石头，把黄金看作土块，把珍珠看作石子。铛：平底的浅锅。逦迤（lǐ yǐ）：绵延不绝的样子。㉓心：心意、意愿。㉔奈何：怎么、为什么。锱铢（zī zhū）：代表极微小的数量。㉕负栋之柱：承担栋梁的柱子。㉖磷磷：水中石头突出的样子，这里形容突出的钉头。庾（yǔ）：露天的谷仓。㉗九土：九州。㉘独夫：贪暴失众的君主，这里指秦始皇。㉙戍卒叫：指陈涉发动农民起义反秦。函谷举：刘邦攻破函谷关。㉚"楚人一炬"二句：指项羽入关后烧阿房宫之事。《史记·项羽本纪》："项羽引兵西屠咸阳，杀秦降王子婴，烧秦宫室，火三月不灭。"㉛族秦：灭掉秦的宗族，即亡秦。㉜"秦复爱六国之人"二句：意谓倘若统治者能爱护人民，则江山社稷可由二世传到三世以至万世。

译文

六国覆灭，天下统一。蜀地山林中的树木被砍伐一空，阿房宫殿得以建成。（它）覆盖了三百多里地，几乎遮蔽了天日。从骊山的北面建起，曲折地向西延伸，一直通到咸阳。渭水和樊川，浩浩荡荡地流进了宫墙。五步一座高楼，十步一座亭阁；长廊如带迂回曲折，屋檐高挑，像鸟喙一样在半空飞啄。这些亭台楼阁各自凭借不同的地势，参差环抱，回廊环绕像钩心，飞檐高耸像斗角。弯弯转转曲折回环，像蜂房那样密集，如水涡那样套连，巍峨高耸，不知道它们有几千万座。那长桥卧在水面上（像蛟龙），（可是）没有一点云彩，怎么会有蛟龙飞腾？那楼阁之间的复道架在半空（像彩虹），（可是）并非雨过天晴，怎么会有虹霓产生？高高低低的楼阁幽冥迷离，使人辨不清南北西东。高台上传来歌声，使人感到暖意融融，如同春天一般温暖。大殿里舞袖飘拂，使人感到寒气袭人，仿佛风雨交加那样凄冷。就在同一天内同一座宫里，而气候冷暖却截然不同。

　　（六国的）宫女妃嫔、诸侯王族的女儿孙女，辞别了故国的宫殿阁楼，乘坐辇车来到秦国。（她们）早晚吹拉弹唱，成为秦皇的宫人。（清晨）只见星光闪烁，（原来是她们）打开了梳妆的明镜；又见乌云纷纷扰扰，（原来是她们）一早在梳理发鬟；渭水泛起一层油腻，（是她们）泼下的脂粉水呀；轻烟缭绕香雾弥漫，是她们焚烧的椒兰异香。忽然雷霆般的响声震天，（原来是）宫车从这里驰过；辘辘的车轮声渐听渐远，不知它驶向何方。（宫女们）极力显示自己的妩媚娇妍，每一处肌肤，每一种姿态，都极为动人。（她们）久久地伫立着眺望着，希望皇帝能宠幸光临，（可怜）有的宫人三十六年始终未曾见过皇帝的身影。燕国、赵国收藏的奇珍，韩国、魏国聚敛的金银，齐国、楚国保存的瑰宝堆积如山，都是多少年多少代，从人民手中掠夺来的。一旦国家破亡，不能再占有，都运送到阿房宫中。（从此）宝鼎（看作）铁锅，宝玉（看作）石头，黄金（当成）土块，珍珠（当作）砂砾，乱丢乱扔，秦人看着也不觉得可惜。

　　唉！一个人所想的，也是千万人所想的。秦始皇喜欢繁华奢侈，老百姓也眷念着自己的家。为什么搜刮财宝时连一分一厘也不放过，挥霍起来却把它当作泥沙一样呢？甚至使得（阿房宫）支撑大梁的柱子，比田里的农夫还要多；架在屋梁上的椽子，比织机上的织女还要多；突出的钉头，比谷仓中的粟粒还要多；参差不齐的瓦缝，比人们身上穿的丝缕还要多；直的栏杆横的门槛，比九州的城郭还要多；单调而少变化的音乐，比集市上人们的言语还要多。(这)使天下人口不敢言，心不敢发怒。秦始皇这暴君的心却日益骄横顽固。于是陈胜、吴广揭竿而起，函谷关被刘邦攻破；项羽放了一把大火，可惜那豪华的宫殿就变成了一片焦土！

唉！灭六国的是六国自己，不是秦国。灭秦国的是秦王自己，不是天下的人民。唉！如果六国的国君能各自爱抚自己的百姓，就足以抵抗秦国了；(秦统一后)如果也能爱惜六国的百姓，那就可以传位到三世以至传到万世做皇帝，谁能够灭亡他呢？秦国的统治者来不及为自己的灭亡而哀叹，却使后代人为它哀叹；如果后代人哀叹它而不引以为鉴，那么又要让更后的人来哀叹他们了。

《阿房宫赋》是唐代文学家杜牧创作的一篇赋体文章。这篇赋通过对阿房宫兴建及其毁灭的描写，揭露了秦王朝统治者的穷奢极欲，作者借古讽今，阐述了天下兴亡的道理，表现出忧国忧民、匡世济俗的情怀。

本文分为前后两个部分，前一部分着重描写与铺陈，分别从宫室建筑、宫中美女和宫中珍宝三个方面详细叙写了秦朝统治者奢靡荒淫的生活。后一部分着重说理与议论，总结了秦王朝灭亡的历史教训。"秦人不暇自哀，而后人哀之；后人哀之而不鉴之，亦使后人而复哀后人也。"此言振聋发聩，警醒着一代又一代的统治者以史为鉴。

杜牧的《阿房宫赋》在艺术风格上摆脱了绮靡的文风，一扫六朝旧习，有着极大的独创性。文章语言精练，工整而不堆砌，富丽而不浮华，气势雄健，风格豪放，融叙述、描写、议论为一体。杜牧在《上知己文章》中说:"宝历(敬宗年号)大起宫室,广声色,故作《阿房宫赋》。"这篇赋一反千古漫嗟荣辱的悲叹,借古讽今、寄意遥深,全文既洋溢着史论的理性风采,又焕发着诗画灵动的光芒。

阿房宫,被誉为"天下第一宫",是秦始皇在渭南建造的宫殿,始建于秦始皇三十五年(公元前212年),至秦亡时尚未完工,故址在今陕西省西安市西郊。阿房宫与万里长城、秦始皇陵、秦直道并称为"秦始皇的四大工程",它们是中国首次统一的标志性建筑,也是华夏民族开始形成的实物标识。秦阿房宫是中国古代宫殿建筑的杰作,记载着中华民族由分散走向统一的历史,承载着华夏文明的辉煌记忆。

咏史诗·阿房宫

唐·胡曾

新建阿房壁未干,沛公兵已入长安①。

帝王若竭生灵力②,大业沙崩固不难③。

注释

①沛:沛县。公:爵位和尊称。刘邦是沛县人,又做过亭长,故被尊称作沛公。②竭:竭尽、用尽。生灵:有生命力的东西,泛指人民和百姓。③沙崩:如沙崩塌,比喻崩溃、溃败。固:本来、原本。

译文

秦始皇新建的阿房宫殿墙壁还未干,沛公刘邦的军队已攻入都城。帝王如此滥用民力荼毒生灵,那他统治天下的千秋大业就会如沙崩般倒塌。

赏析

胡曾(约840—?),号秋田,唐邵州邵阳(今属湖南)人,唐代诗人,以关心民生疾苦、针砭暴政权臣而著称。

这是一首七绝咏史诗。历史上秦始皇耗费大量人力、物力、财力修阿房宫,引起民怨沸腾,最终身死国灭。本诗借古讽今意存劝诫,希望统治者不要只顾享乐,要爱惜百姓关注民生。

诗画建筑
——诗词里的建筑之美

264

隋宫

唐·李商隐

紫泉宫殿锁烟霞①,欲取芜城作帝家②。

玉玺不缘归日角③,锦帆应是到天涯④。

于今腐草无萤火⑤,终古垂杨有暮鸦⑥。

地下若逢陈后主⑦,岂宜重问《后庭花》⑧!

注释

①紫泉:紫渊,长安河名,因唐高祖名李渊,为避讳而改。此用紫泉宫殿代指隋朝京都长安的宫殿。锁烟霞:烟云缭绕的样子。②芜城:广陵(今扬州)。帝家:京城。③玉玺:皇帝的玉印,引申为天下。日角:额骨突出饱满如日,古人以为此乃帝王之相。此处指唐高祖李渊。④锦帆:隋炀帝所乘的龙舟,其帆用华丽的宫锦制成。⑤腐草无萤火:古人以为萤火虫是腐草所变。《隋书·炀帝纪》:"大业十二年,上于景华宫征求萤火,得数斛,夜出游山放之,光遍岩谷。"这句采取夸张的手法,说隋炀帝已把萤火虫都抓完了。⑥垂杨:隋炀帝自板渚引河达于淮,河畔筑御道,树以柳,名曰隋堤,绵延一千三百里。⑦陈后主:南朝陈末代皇帝陈叔宝,荒淫亡国之君。⑧《后庭花》:《玉树后庭花》,陈后主所创,歌词绮艳。

译文

长安城的隋宫千门锁闭,空自笼罩着一片烟霞,本想把繁丽的江都作为帝王的宫苑。若不是因天命皇帝的玉印归到了李家,隋炀帝的锦帆或许会游遍天涯。当年放萤的场所腐草遍地,萤火虫早就踪迹全无;多少年来隋堤寂寞凄冷,堤岸婀娜的垂杨上依旧栖息着归巢的暮鸦。若隋炀帝在黄泉与陈后主相遇,岂敢再问起亡国之曲《玉树后庭花》。

赏析

李商隐(约813—约858),字义山,号玉溪生,怀州河内(今河南沁阳)人。因受牛李党争影响,被人排挤,潦倒终身。诗歌成就很高,所作咏史诗多托古以讽,擅长律绝,富于文采,有《李义山诗集》。

《隋宫》是一首咏史吊古的七言律诗。此诗写隋炀帝为了寻欢作乐,无休止地出外巡游,开凿运河建造行宫,劳民伤财奢侈昏庸,最终身死国灭。

诗首联点题,前后两句,一写景一叙事,长安宫阙巍峨壮丽,帝王却不愿居于帝都理政,一心游幸"芜城",暗讽隋炀帝的荒淫无道不思朝政,以致亡国。"锁"字用得极妙,紫泉宫阙堂皇富丽、烟霞暗锁,不仅侧面写了长安帝宫的巍峨壮丽,同时也表现了帝王不在宫门深闭的寥落。颔联诗人笔锋陡然转折,亦实亦虚,想象了隋炀帝舳舻千里,锦帆蔽空,游幸天下的场景,道出了对隋炀帝荒淫的不满。颈联诗人笔锋再转开始写实,以隋炀帝行宫今日杂草丛生的荒凉和寒鸦栖暮柳的凄凉现状,与昔日宫阙万千流萤映空、垂杨千里绿影婀娜的盛况相对比,彰显了亡国之凄。尾联揭示主题。诗人以隋炀帝与陈后主地下相遇的假设情景反诘,以此讽刺隋炀帝明知陈后主荒淫亡国的凄惨却不以为鉴,终致身死国灭。

本诗立意高远,从国家兴亡处落墨,内容虽是歌咏隋宫,其实乃讽刺隋炀帝杨广的荒淫亡国。读之朗朗品之卓然,历代传唱经久不衰。

隋宫,位于古时的江都,今江苏省扬州市,是隋炀帝杨广于大业元年(公元605年)南游巡幸,在扬州城营建的行宫。隋炀帝杨广在位十三年,三下江都游玩,耗费大量民力、财力,最后亡国丧身。隋宫因此成了隋炀帝专制腐败迷于声色的象征。

吴宫

唐·李商隐

龙槛沉沉水殿清①,禁门深掩断人声②。

吴王宴罢满宫醉,日暮水漂花出城。

注释

①龙槛:宫中临水有栏杆的亭轩类建筑。水殿:建在水边或水中的宫殿。
②禁门:宫禁的大门。

译文

暮色沉沉,吴宫水殿空寂一片;宫门深闭,宫内静谧悄无人烟。原来是吴王宴饮满宫皆醉无人醒,只闻流水潺潺漂送残花出宫城。

赏析

《吴宫》是李商隐所作的一首七言绝句。前两句写黄昏时分笼罩着整个吴宫的一片沉寂。龙槛和水殿都是平日宫中最热闹的游赏宴乐之处,现在却悄然不见人踪,只见在沉沉暮色中隐现着的轮廓与暗影。"清"字暗示了水殿的空寂清净。如果说第一句主要是从视觉感受方面写出了吴宫空寂,第二句则着重从听觉感受方面写出了它的沉寂。黄昏时分,宫中该是歌管相逐、舞姿蹁跹的时刻,现在却宫门深闭,悄无人声。第三句读者恍然领悟:吴宫日暮时反常的沉寂原来是"宴罢满宫醉"的结果。"满宫醉"

三个字交代了宴罢满宫酒醉的事实，也引导读者对宫中狂欢极乐和如醉如痴的场景展开想象。最后一句是传神之笔。通过写吴宫日暮的静寂，进一步反衬了"满宫醉"前的喧闹和疯狂。流水漂送残花的情景使人感受到吴宫繁华的行将消逝，感受到一种"流水落花春去也"的凄怆。

吴宫，旧址在江苏省苏州市城内，由春秋时吴王夫差所建。公元前494年，越王因战败赴吴做人质，同时进贡大量财富和美女取悦夫差。夫差宠爱越王进贡来的美女西施，特地为她兴建了这座规模宏大的大型离宫。宫内"铜勾玉槛，饰以珠玉"，楼阁玲珑、金碧辉煌。

吴宫怀古

参 考 文 献

[1] 俞平伯. 唐诗鉴赏辞典 [M]. 上海：上海辞书出版社，2013.

[2] 夏承焘. 宋词鉴赏辞典上 [M]. 上海：上海辞书出版社，2017.

[3] 夏承焘. 宋词鉴赏辞典下 [M]. 上海：上海辞书出版社，2017.

[4] 上海辞书出版社文学鉴赏辞典编纂中心. 元明清诗鉴赏辞典（上）[M]. 上海：上海辞书出版社，2018.

[5] 上海辞书出版社文学鉴赏辞典编纂中心. 元明清诗鉴赏辞典（下）[M]. 上海：上海辞书出版社，2018.

[6] 缪钺. 宋诗鉴赏辞典 [M]. 上海：上海辞书出版社，2015.

[7] 蘅塘退士. 唐诗三百首. 宋词三百首. 元曲三百首 [M]. 北京：华文出版社，2009.

[8] 曲汝铎. 建筑与诗. 北京：中国建筑工业出版社，2014.